高陽說曹雪芹

史筆文心系列

新校版

高陽

目次

沒有自由，哪有學術
——曹雪芹擺脫包衣身分考證初稿

前言

或問：《明報月刊》一五〇期特稿：〈曹雪芹故居之發現〉；其真實性如何？我的答覆是：並無直接的證據，可以證明香山「臥佛寺東南一公里左右健銳營正白旗的西南角，路北門牌三十八號」（以下簡稱三十八號），為曹雪芹的故居；卻有許多反面的證據，可以證明三十八號絕非曹雪芹的故居。

在舉證支持我的結論之前，先須澄清一個問題：曹雪芹入京歸旗後，絕未重到江寧，更無為尹繼善延入幕府之事。道理很簡單，督撫的幕賓，無異諸侯的上客，如果曹雪芹在乾隆二十四年，或二十五年曾入尹幕，北歸後絕不致窮得「舉家食粥酒常賒」。周汝昌的「紅學」，先有一成見梗於胸中，穿鑿附會，全力想證明他的牛角尖是一條康莊大道，以致越陷越深，不克自拔；連帶害得好些人枉拋心力。因此，我首先要就此一問題，作一分析：證明周汝昌的考證表面言之成理，其實毛病百出。至於「黃震泰原稿，黃庚編撰」的〈曹雪芹故居之發現〉一文（以下簡稱黃文），寫法與周汝昌相似，字裡行間，充滿了自以為是的自信；但基本修養不足，寫作態度輕率，亦實在沒有什麼好駁的。不過由黃文發端，正好導入我的一個最新的看法——或者說是發現：曹雪芹由於性情高傲，不願自貶其人格，所以在無形中擺脫了「包衣」的身分，亦就失去了內務府對上三旗包衣應有的照料。我用證據支持我的結論，並不強求人接受我的結論，但我必須這麼說：如果你接受我的結論，就會覺得敦誠、敦敏跟張宜泉的詩，句句可解，深刻有味；同時對有關曹雪芹的許多疑團，譬如他有好些族人與闊親戚，何以竟窮得沒飯吃？甚至他的後事都須朋友來替他料理？亦都容易解答了。

以下先闢曹雪芹入尹幕之說。

1　何曾入幕府

周汝昌《紅樓夢新證》〈史事稽年〉，乾隆二十四年條：

曹雪芹三十六歲，秋，赴尹繼善招，入兩江總督幕。

其主要根據在一幅畫像；吳恩裕《有關曹雪芹十種》內〈考稗小記〉云：

河南博物館藏一畫像冊頁，其中有「雪芹先生」一幅。一九六三年上海某同志過鄭州，發現此像，拍照寄京。像為一直幅，原作大小尚不知。「雪芹」坐，無配景，面微向左，下身亦在左側，長衣無領，草履；雙手皆露於袖外，有指甲，頗長。面圓而胖，色絕黑，蓋畫時著鉛粉，年既久，遂暗黑至不可辨識。細察其眉目平正，鼻下端較闊，與王南石所繪者似為一人，唯較王作稍早耳。左上方有畫者題詞云：「雪芹先生洪才河瀉，逸藻雲翔。尹公望山，時督兩江，以通家之誼，羅致幕府；案牘之暇，詩酒賡和，鏗鏘雋永。余私忱欽慕，爰作小照，繪其風流儒雅之致，以致雪鴻之跡云爾。雲間艮生陸厚信併識。」下有「艮生」陽文、「陸印厚信」陰文二印，均篆文。另一頁有尹繼善詩二首，詩云：「萬里天空氣泬寥，白門雲樹望中遙；風流誰似題詩客，坐對青山想六朝。」「久住江城別亦難，秋風送我整歸鞍；他時光景如相憶，好把新圖一借看。」下款署「望山尹繼善」，再下陰文「繼善」，陽文「敬事慎言」二章。尹詩無上款，但此詩見於尹文端公詩集卷九，題為〈題俞楚江照〉。

俞楚江名瀚，紹興人，布衣；尹繼善督兩江時的食客。尹〈題俞楚江照〉詩，確與陸厚信所畫「雪芹先生」像無關；但此「雪芹先生」亦絕非曹雪芹，即因曹雪芹根本未重回江南，更談不到入兩江幕府。

首先我要拉袁子才做個證人。袁子才兩榜及第後朝考，詩題〈賦得因風想玉珂〉，為刻劃想字，有句云：「聲疑來禁院，人似隔天河。」諸總裁以為語涉不莊，將置之於末等：唯尹繼善為袁力爭，因而得點為庶吉士。師弟以此相得，關係極深，蹤跡甚密。如周汝昌所言，曹雪芹於乾隆二十四年秋入兩江幕，而其時尹詩中即有兩題：〈中秋後一日招袁子才西園小酌和韻〉、〈秋日與袁子才不繫舟話舊用子才韻〉。西園及題名「不繫舟」的書齋，皆在督署；尹的門客，袁子才應該無不見過，以袁的好事，喜騖聲氣，如果見過曹雪芹，必在詩話中大書特書，誰知《隨園詩話》卷二是這麼說：

> 康熙間曹練亭為江寧織造，每出擁入騶，必攜書一本，觀玩不輟，人問何好學？曰：「非也！我非地方官，而百姓見我必起立，我心不安，故藉此遮目耳！」……其子雪芹撰《紅樓夢》一部，備記風月繁華之盛。

又：同書卷十六：

丁未八月，余答客之便見秦淮壁題云……尾署翠雲道人，訪之乃織造成公之子嘯厓所作，名延福，有才如此，可與雪芹公子前後輝映。雪芹者曹練亭織造之嗣君也，相隔已百年矣。

袁子才竟誤曹雪芹為曹寅之子，且視之為「相隔百年」的古人！按：此「相隔已百年」就算是指曹寅與延福，則曹寅歿於康熙五十一年壬辰（一七一二），下至乾隆五十二年丁未（一七八七），亦只七十五年，雖「百年」乃舉成數而言，亦不致相差四分之一之多。又兩誤曹楝亭為曹練亭，足見袁子才不但未見過曹雪芹，並且對雪芹的家世亦不甚了了；此所以會誤會他的隨園，即是《紅樓夢》中的大觀園。

其次，尹繼善詩集為編年體，而從頭至尾，始終不見有邀曹雪芹入幕的跡象，事實上，乾隆二十四年重陽以後，尹繼善奉召入覲，年底始回，旅途中懷人之詩有好幾首，獨不及於甫見即別的曹雪芹，亦非情理所應有。

周汝昌之遽據不知誰何而題名「雪芹先生」的畫像，指曹雪芹曾為尹繼善的幕友，言之鑿鑿，實在是件很可笑的事。而所以有此失者，乃由於周汝昌對清朝的「幕府制度」，實只「略有了解」，似是而非，其言曰：

也曾有人致疑：曹雪芹出而為尹繼善做幕，這不是和他的生平不相調和了嗎？這需要對於幕府制度略有了解。清代幕府人員（俗稱「師爺」者是），多由「白身」、「布衣」或連舉人都考不取的下層文士充任，他們的身分是賓師，招請者（俗稱「東家」）須師禮重聘，而絕不同於「上司下屬」的僚屬關係（清末張之洞廢幕賓制，重用科舉功名人為「文案」，性質始變）。因此，幕賓們雖然客觀上還是為「東家」的政治利益服務，但他們並不屬於僚屬範圍。其次，「功名」得志的，大都是「空頭」家（所以曹雪芹通過小說人物而罵他們：「虧你們還是進士出身，原來不通！」），而做幕的卻必須有真才實學，所以像曹雪芹，雖然只是拔貢生，卻比那些狀元、翰林、進士高明得多。出而作事，給人做做「西賓」，並不算玷污了他的生平。這一點是應當加以說明的。（見周汝昌著〈紅樓夢及曹雪芹有關文物敘錄一束〉一文，

第五節「畫像」。）

這段話中，肆意攻擊科舉制度；而周汝昌對科舉制度，亦正如他對幕府制度，瞭解並不多。清朝的拔貢有定額，每縣只得一名；乾隆朝定為十二年一舉，逢酉年選拔，故而名貴非凡。康熙十一年准從八旗生員中選拔，定額滿洲、蒙古各二名，漢軍一名。曹雪芹是包衣，根本即無成為拔貢的可能。

至於周汝昌所說「幕府人員」，大致是監司以下的情況。幕友中最重要者為刑、錢兩席，刑名至臬司而止；錢穀則至藩司而止。至於督撫的幕友，與一般以遊幕為專業的「紹興師爺」有別；因為所業不同，所求亦異。督撫的幕友，大致分五種，一種是司章奏，非胸有經濟，能揣摩上意者不可，如田文鏡的「鄔師爺」；一種是參政事，常為奇材異能之士，如陳潢之佐靳治河；一種是辦應酬筆墨，須文采獨優者始能勝任；一種是應接賓客，如今之所謂搞「公共關係」；再有一種不過是當清客。至於真正愛才，或者為博得好士之名，一詩投贄，置之門下，如絕禮遇者，乾嘉督撫中，亦頗不乏人，如畢秋帆、阮芸台等皆是；尹繼善當然也是。

《隨園詩話》卷十三有一條云：

康熙、雍正間，督撫俱以千金重禮，厚聘名流。

此風至乾嘉不替。尹繼善素稱寬厚，對幕友尊禮有加，見於詩集者，有宋寶巖、曹西有、婁毓青、陳光岳，以及俞楚江等人，以曹西有（名庚，字西有，號晁川，上元人，能詩善畫）為例，尹詩卷六，一連有三題：

和曹西有畫松歌

曹西有有舉子之喜賦詩索和

曹西有喜得麟兒予以虎頭鎖奉賀並贈嘉名西有賦詩言謝走筆和之

綢繆如此，親切感人。如果曹雪芹曾為尹繼善幕友，首先「送關書」時，照例預送一年的束脩，以更安家，其數當不下三、五百兩銀子；回京時亦應有一筆程儀，至少也有一、二百兩。即令賓主不歡而散，尹繼善亦不會不顧曹雪芹的生活，因為他要顧全他自己的禮賢下士的名聲。請周汝昌試想，如果當時有人這麼說：「尹繼善待人真刻薄；曹雪芹在他幕府裡一年，回來窮得沒飯吃！」尹繼善肯擔這麼一個名聲嗎？

2 亦未住營區

關於曹雪芹的故居問題，我要分三段來談：

一、曹雪芹能分配到屬於健銳營營房的「三十八號」嗎？

二、雖未分配到，是否曾借住過「三十八號」？對那些「題壁」作何解釋？

三、如未曾借住過「三十八號」，曹雪芹住於何處？

現按次序，先談第一段。《清會典》卷八十五〈八旗都統〉：

> 八旗都統，滿洲八人，蒙古八人，漢軍八人。（每旗滿洲、蒙古、漢軍各一人。）
>
> 掌滿洲蒙古漢軍八旗之政令，稽其戶口，經其教養，序其官爵，簡其軍賦，以贊上理旗務。
>
> 序八旗之上下，鑲黃、正黃、正白曰上三旗，餘曰下五旗。凡上三旗包衣，隸於內務府，下五旗包衣，各隸於其旗。（上三旗包衣詳內務府，其王公府包衣俱入下五旗。）

由此可知，上三旗的都統與下五旗的都統，職掌有差別，後者能管本旗包衣，而前者不能。

《清會典》卷八十七、八十八，專敘八旗營制，其名目凡十二。健銳營之緣起及任務如下：

> 健銳營、掌印總統大臣一人（於總統大臣內特簡），總統大臣（於王大臣內特簡，無定員）掌左右健銳營之政令。

選前鋒之習雲梯者別為營（乾隆十四年金川凱旋，以八旗兵習雲梯者設為專營，是為健銳營，營分兩翼，額設滿洲蒙古前鋒二千人，委前鋒千人。……）以時訓練其藝。

大閱則為翼隊，會外火器營以交衛。常日，備靜宜園之守衛。（以參領一人，前鋒校前鋒十人，守衛靜宜園宮門；駕幸靜宜園，則移駐碧雲寺孔道。）

巡幸則扈從。（巡幸以官兵十分之一出派扈從，統以翼長一人，翼長穿黃馬褂，前鋒參領藍鑲黃馬褂，兵丁黃鑲藍馬褂。）

按：前鋒營之成員，規定「選滿洲、蒙古兵之尤銳者為前鋒」；是則健銳營係由銳而又銳的滿洲、蒙古兵所組成。漢軍、包衣，皆不與其選；上三旗的包衣，則更是風馬牛不相及。所以曹雪芹是絕不能分配到香山健銳營的營房的。

然則是否能借住健銳營的營房呢？稽諸史實，亦看不出有此可能。因為健銳營的建制，以生活與訓練合一為其特色；宣統二年蔣維喬〈西山游記〉：「復赴臥佛寺，遙見山巔到處有碉堡，為清乾隆時用兵征金川，健銳營在此練習攻守者。」蔣維喬遊西山碧雲寺、臥佛寺，上距乾隆大小金川之役，已一百五十年，碉堡猶存，可以想見當時訓練的嚴格。若純為食宿所在的普通營區，猶可借住；刁斗森嚴之地，何得容外人闖入？即有可能，曹雪芹又何能經常忍受演習攻城廝殺的喧囂？

至於題壁的文字，誠如黃文中所說：「從字體上看，不似同一人之筆跡；更加上就詩詞內容看，立意雅俗不同，文化水平不一，當非出自一人之手，時間上也可能有前後之別。」但黃文中又謂：「如果我們用『吳王』、『六橋煙柳』、『魚沼秋蓉』及『有花無月』兩殘句，與曹公在《紅樓夢》所作各詩詞比較，很容易發現其風格與重疊之用字法是相同的。尤其是『吳王』一首及『有花無月』兩句，的確與廿七回的葬花詞與七十回的桃花行，在意境上有若干相似之處，後者很可能就是根據前者延長與發展而成的。」其意若謂所舉詩詞，為曹雪芹一人的手筆，豈非前後矛盾？而且「吳王」一詩，結尾明謂「偶錄錦帆徑」，其非題壁人的作品，彰彰明甚。

說題壁文字與曹雪芹有關，是可以用幾句話來全盤否定的；實不必逐一分析。不過，其中有一點，似是而非，不辨無以祛疑，那就是黃文十五點分析中的第二點，為說明方便，不能不引錄原文。

(二)我們再看「途人骨肉」的扇面詩，就內容看似乎不夠含蓄，然而人在窮困無聊難以自遣之際，也可能不擇字句一吐為快。我們可以用此詩和曹雪芹在《紅樓夢》中寫的標題詩：「朝叩富兒門，富兒猶未足，雖無千金酬，嗟彼勝骨肉」，又撰回末結聯云：「得意濃時易接濟，受恩深處勝親朋」比較，可以看出其對骨肉親朋間貧富勢利世態炎涼的概嘆是一致的。按照周汝昌先生在《紅樓夢新證》稽年考據一節所說：「一七四五年乙丑乾隆十年，曹雪芹廿二歲，流落無依，寄居親友，石頭記撰作之業有加無已」（原書七〇六頁）。而此詩之年月為一七四六年丙寅四月（清和月）下旬，為移居西山之第二年，時間、內容、口氣皆相符。

當然此一「丙寅」也可能是其他丙寅，不過年代之考據工作應配合其他證據，不能專看干支紀年。（如果歷史僅憑干支紀年，則一切年代都變成毫無意義了，脂硯齋庚辰本說不定一九四〇年批的。此一題詩也可能是周宣王共和七年寫的了。）又從「抗風軒」之命名，我們可以理解此詩作者所要「抗」

的「風」顯然是一種「風頭不順」的逆風。這又與曹家因為參加了胤禩胤等集團與胤禎爭立，結果遭受政治風暴衝擊有意義上之關聯。無權無勢的人要抗拒這種巨大的風暴，恐怕只能出之寫作與批評一途了。當石頭記的稿本被「內廷索閱」時，也許這個「抗風軒」就變成「悼紅軒」，聽起來委婉得多了。

首先我要指出，以為曹雪芹的書齋命名「抗風軒」，而隱指此「抗風軒」即為三十八號，是毫無根據，且未深思的武斷。明道是「偶錄於抗風軒之南几」，何得見於「北房西山牆」？而且「偶錄」的字樣，亦如〈錦帆徑〉一詩，是錄非作。

其實如黃文所述，題壁的過程是很清楚的，先是有人錄詩於扇，這把摺扇應該是十一根骨子，扇面十開，對縫十九行，以四與一的比例間隔書寫，十八行共四十五字，留一行署款。不意第五行誤書為五字（見原附圖四）；即不能不在後面增一字，可能「四月」改為「清和月」；亦可能在「錄」上加一「偶」字，以期末字仍落在十八行上。

這把扇子到了題壁人手裡，一時興起，依樣葫蘆，「畫」在壁上。不過最後一行不署原款，改為「拙筆學書」而已。

事情就是如此簡單，「丙寅清和月」與「抗風軒」之時與地，皆與三十八號毫不相干。謂予不信，則請問：題壁之丙寅如非乾隆十一年，與曹雪芹何關？如為乾隆十一年，三十八號何在？請別忘記，健銳營創於乾隆十四年。磚面有「嘉靖十七年造」字樣，並不足以證明此屋即建於明朝，撤舊材、造新屋，在宮中亦是常事。至於黃文解釋「抗風」，說是「這又與曹家因為參加了胤禩、胤禟等集團與胤禎（按：應為禵）爭立」云云，這是經常生活在「整風」恐怖中的人，才會有的敏感。我還可以告訴黃君，「抗風軒」之名，見於貴本家黃晦聞的詩句，文酒雅集的高軒，總不至於會在刁斗森嚴的兵營中吧？

黃文中又談到曹雪芹字跡的比較，我不知道〈南鷂北鳶考工志〉序文，是否確為曹雪芹「手書雙鉤」？但雙鉤字一望而知為章草，題壁之字則不成路數，其中「然」字完整；而「序文首頁」即有三「然」字（原附圖五、圖六）可供比較，無煩詞費，又漆箱題字「乾隆二十五……」，似是蘇字底子，與章草迴不相侔。

這些都是枝節，我仍覺得用幾句話全盤否定，有助於矯正紅學之穿鑿附會，入於魔道。題壁的文字，無論從那個角度來看，都難免淺俗之譏，曹雪芹本人如此，何能著紅樓？如果不是曹雪芹的手筆，而是他來往的朋友，信筆塗鴉；品類如此，又何能使敦敏、敦誠兄弟，傾心相交？

照我的看法，三十八號在當時不但並非曹雪芹的舊居。而且也不是某一個人的家；因為沒有那個家庭，能夠容許客人隨意題壁，歪詩以外，甚至還發發猥瑣的牢騷！

那麼，三十八號有題壁的文字，又作何解釋？我的看法是，其地為健銳營營房中的一間招待所，專供各處公差官兵下榻。其中：「蒙挑外差實可怕」這首歪詩，即是不知那裡出差來的一個「筆帖式」、「領催」，甚至只是「蘇拉」的手筆。

現在要談第三個問題，也是最重要的一個問題了。三十八號既非曹雪芹的舊居，那麼他到底住在何處？我可以肯定地說，他住在香山一帶；但絕非健銳營營區。至於曹雪芹的舊居作何光景？從敦敏、敦誠及張宜泉的詩句中，約略可以想見（按：此三人有關曹雪芹的詩，知者已多，故不復標舉出處）：

地在西郊，遠離大路：

碧水青山曲徑遐（敏）
寂寞西郊人到罕（張）

附近有人跡罕至的廢剎及一片樹林；

尋詩人去留僧舍（敏）
有誰曳杖過煙林（張•按：此詩題作〈和曹雪芹西郊信步憩廢寺原韻〉）。

房屋簡陋，但風景清幽，開門見山；

衡門僻巷愁今雨（誠）
廬結西郊別樣幽（張）
日望西山餐暮霞（誠）
翠疊空山晚照涼（張）

門前有水，可能是個池塘，

謝草池邊曉露香（張）

野浦凍雪深（誠）

從這些詩句去看，可以確定曹雪芹是離群索居；絕非住在一個有一兩千間屋子的大營區或眷村裡面。但是，還有更確實的證據，顯示出曹雪芹是在一種隱居的狀態中。

這個證據是三句詩：

滿徑蓬蒿老不華（誠）

於今環堵蓬蒿屯（誠）

薜蘿門巷足煙霞（敏）

上引敦誠的第二句詩，說得最清楚，曹雪芹所居是一座獨立的屋子，並無鄰居；否則不致繞牆皆為蓬蒿。按：「屯」字用於蓬蒿之下有兩義，《說文》：「屯，象草木之初生」；不過敦誠既有「滿徑蓬蒿老不華」之句，則此屯字，當作聚、盈、厚解。

敦誠兩用蓬蒿的字樣，絕非偶然。《高士傳》張仲蔚明天官博物，善屬文，好詩賦；常居窮素，所以蓬蒿沒人，閉門養性，不治浮名。

「蓬蒿屯」者即「蓬蒿沒人」之謂；又《世說新語》記張仲蔚，列於「棲逸」，故知敦誠兩用「蓬蒿」，乃形容曹雪芹為隱者之居。

倘謂此為孤證，則猶有敦敏的詩句。按：薜蘿為薜荔與女蘿的合稱，《楚辭》《九歌・山鬼》：

若有人兮山之阿，披薜荔兮帶女蘿。

注：山鬼奄息無形，故衣之為飾。

「奄息無形」，自為隱者；故隱者之衣為「薜蘿衣」。孟浩然少隱鹿門山，年四十赴京師有句：

雲山從此別，淚濕薜蘿衣。

從來容巖壑之士，皆用薜蘿，幾無例外，如：

他人驌驤馬，而我薜蘿心（李頎）

開閤復看祥瑞應，封名直進薜蘿人（王建）

崑玉已成廊廟器，澗松猶是薜蘿身（陳陶，唐鄱陽人，約與牡牧、許渾同時，隱居不仕。）

茅舍已忘鐘鼎夢，蒲輪休過薜蘿亭（向子堙，宋臨江人，官至戶部侍郎，忤秦檜而致仕。）

凡此顯達與遺逸，廊廟與江湖的對照，在在說明了薜蘿的象徵意義，故知敦敏與其介弟的看法相同，認為曹雪芹是隱士，「薜蘿門巷」是形容隱者之居。

總之，曹雪芹在香山的居處，乃是荒僻簡陋，自行營造的獨立建築，此則確鑿無疑者，趙岡兄在其力作《紅樓夢研究新編》第四節說：「雪芹在白家疃的住宅，是自己蓋的四間房子，簡陋自不待言。」差得真相。在〈花香銅臭集第二九〉（六十七年六月二十日《中國時報》副刊）中提到，發現「曹雪芹舊居」的黃震泰醫師，為其友人黃庚的父親；他在「找到了曹雪芹的故居」這個題目之下，加上一個驚嘆號與一個問號，存疑的態度是正確的。又：吳世昌〈敦誠挽曹雪芹箋釋〉，考定曹雪芹身後，由敦誠為其營葬，說理頗精；亦可作為曹雪芹非住於健銳營區的一個反證，遠親不如近鄰，況在營區中守望相助，疾病相扶，既不致「一病無醫」，亦不必等遠居內城的朋友來為他埋葬。

曹雪芹的故居問題，我認為可以不必再多談了。但有個新的問題，伴隨著我的結論以俱來；曹雪芹為什麼要隱居？必須作一解答。

3 恥得豬肝食

曹雪芹的性情是很明朗的，熱情樂天，好飲健談，具有多方面的生活興趣；這樣一個人是萬難忍受無人可語的寂寞的，而且歸隱亦有條件，如陶淵明畢竟還有「將蕪」的「田園」可以耕讀；曹雪芹則以筆耕——賣書、著書為生，並無穩定的收入，故不具備做隱士的條件。

可是，從表面去看，亦就是從他人的眼中去看，曹雪芹在西山所過的確是離群索居，交遊極寡的隱居生活。顯然的，這種既違本心，且有困難的生活，乃是出於一種不得已的原因，我們要把他的這個原因找出來。

首先當然要從制度中去找，《清會典》一百卷，敘「內務府」占十分之一的篇幅之多，卷八十九開宗明義就說：

> 總管內務府大臣，掌上三旗包衣之政令與宮禁之治。內務府屬吏、戶、

禮、兵、刑、工之事，皆掌焉。

這樣一個在正常政制以外，別成局面，自成體系的大衙門，所能提供的就業機會極多；只要是上三旗的包衣，弄個掛名差使，亦很方便，然則曹雪芹何以一寒至此？而況內務府所管理的營房、倉庫、田莊，不知凡幾；曹雪芹如願隱居，撥幾間冷僻空房給他住，更是不成問題的事，又何至於要他自己設法覓棲身之處？

對於這個問題，只可能有一個答案：那就是內務府對曹雪芹採取杯葛的態度，根本不願管他的事了。敦誠詩中有個「豬肝」的典故；原詩為〈贈曹雪芹〉一律的結句：

阿誰買與豬肝食，日望西山餐暮霞。

周汝昌《紅樓夢新證》，將這個典故倒是找出來了；但他並沒有看懂原文。《後漢書》卷八十三〈周黃徐姜申屠列傳〉：

太原閔仲叔者，世稱節士……客居安邑，老病家貧，不能得肉，日買豬肝一片；屠者或不肯與，安邑令聞，勑吏常給焉，仲叔怪而問之，知乃嘆曰：「閔仲叔豈以口腹累安邑耶？」遂去。

周汝昌解釋敦誠詩中用此典是這樣說：

一結用閔仲叔貧居日買豬肝一斤之故事，今則慷慨好義之「安邑令」亦無有，唯有對嶺餐霞，雪芹之貧況可見。

誤「一片」為「一斤」，未足為病，但以安邑令「勑吏常給」豬肝為慷慨好義，則義有未協。縣令職司民牧，尊老敬賢，勸善懲淫，以教百姓，是其本分；邑有賢士，供給其最低生活的必需品，是一種責任。而「勑吏常給」，自然取費於公庫，惠而不費，亦非個人的慷慨；甚至日給豬肝一片這樣的小事，在一位「百里侯」來說，根本談不到是施惠，敦誠用此典絕非感慨曹雪芹未遇到「慷慨好義」的安邑令；是說內務府對曹雪芹，連像安邑令對閔仲叔那種惠而不費的起碼照料都沒有，那當然是表示內務府跟曹雪芹已無任何關係，我甚至懷疑曹雪芹已經「開戶」——為內務府所逐，出旗為民，應有的一份錢糧都領不到了。但是，這並非曹雪芹之不幸；至少，曹雪芹已在無形中擺脫了包衣的身分，可以不再受辱。

4 堂堂孰可驅

這是為了甚麼呢？自然是得罪了內務府。張宜泉〈題芹溪居士〉一詩，有極重要的消息透露：

愛將筆墨逞風流，廬結西郊別樣幽。

門外山川供繪畫，堂前花鳥入吟謳。
羹調未羨青蓮寵，苑召難忘立本羞。
借問古來誰得似，野心應白被雲留。

詩中有三個典故，提到三個古人：李白、閻立本、魏野。茲先談魏野。周汝昌《紅樓夢新證》釋此詩云：

「立本」，謂唐畫家閻立本，刊本作「本立」，誤倒。末句，用宋魏野被徵不出之事，亦可注意。當時皇室王家，往往招琴師畫客以為「清客相公」，殆有人以畫藝薦雪芹，而雪芹拒不往焉。此亦其傲骨之一端也。

以閻立本擬曹雪芹，為了解曹雪芹一生最後一段生活的絕大關鍵；無奈周汝昌心有所蔽，見不及此。「唯野心」二字極易忽略，周汝昌能看出野心之野指魏野，殊為難得，《宋史》卷四五七〈隱逸上〉：

魏野字仲先，陝州人也，世為農，母嘗夢引袂於月中，承兔得之，因有娠，遂生野，及長，嗜吟詠，不求聞達；居州之東郊，手植竹樹，清泉環繞，旁對雲山，景趣幽絕，鑿土袤丈曰樂天洞，前為草堂，彈琴其中，好事者多載酒肴從之遊，嘯詠終日……祀汾陰歲與李瀆並被薦，遣陝令王希招之。野上言曰：「陛下告成天地，延聘巖藪，臣實愚戇，資性慵拙，幸逢聖世，獲安故里；早樂吟詠，實匪風騷，豈意天慈曲垂搜引？但以嘗嬰心疾，尤疏禮節，麋鹿之性，頓纓則狂，豈可瞻對殿墀，仰奉清燕？望回過聽，許令愚守，則畎畝之間，永荷帝力！」詔州縣長吏，常加存撫。

曹雪芹的性情、生活，大致與魏野相似，只是境遇遠不及魏野。按：張宜泉以魏野與曹雪芹作比，足見曹雪芹已為朋輩公認為一隱士了。

李、閻兩典須並看。《新唐書》卷二百二〈李白傳〉：

至長安往見賀知章，知章見其文嘆曰：「子謫仙人也！」言於玄宗，召見金鑾殿，論當世事，秦頌一篇，帝賜食，親為調羹。

張詩所謂「未羨」，意在寫曹雪芹的淡泊自甘，而此句實為陪襯，重點在下一句，以曹雪芹與閻立本相比，《新唐書》卷一百〈閻立本傳〉：

太宗為侍臣泛舟春苑池，見異鳥容與波上，悅之；詔坐者賦詩，而召立本侔狀，閤外傳呼「畫師閻立本」，是時已為主爵郎中，俯伏池左，研吮丹粉，望坐者羞悵流汗，歸誡其子曰：「吾少讀書，文辭不減儕輩；今獨以畫見，名與廝役等，若曹慎毋習！」然性所好，雖被訾屈，亦不能罷也，既輔政但以應務俗材，無宰相器。時姜恪以戰功擢左相，故時人有「左相宣威沙漠；右相馳譽丹青」之嘲。

是則「苑召難忘立本羞」，明明道出曹雪芹與閻立本同樣有因作畫而受辱之事，而且用「難忘」字樣，可知受辱之甚。

曹雪芹何以受辱？歸根究柢一句話：因為他是包衣。包衣儘管可以官居一品，但對旗主而言，終究是奴才，上三旗包衣，在名分上是皇帝的家僕，但指揮包衣者，不盡由於皇帝；內務府大臣可指揮司官；司官可指揮筆帖式；筆帖式可指揮領催、蘇拉，曹雪芹儘管至親有平郡王慶恆（福彭嗣子）；至友有宗室敦敏、敦誠，但在上三旗包衣中的地位，至為低微，內務府司官或本旗直屬的佐領，皆可視曹雪芹為畫工而役使之，受辱之事雖不詳，受辱之因則甚分明。曹雪芹不甘受辱，唯有不受「傳差」之召；即令內務府有所威脅，亦終不屈。敦誠詩中如「步兵白眼向人斜」，固已生動地刻劃出曹雪芹不奉召的睨視之態；而〈題芹圃畫石〉首句：「傲骨如君世已奇」，如說是曹雪芹不受人憐，則「殘羹冷炙有德色」，固已道出他非狷介一流；是故此一「傲」字與「苑召難忘立本羞」，以及「阿誰買與豬肝食」詩句合看，因果脈絡，宛然如見。

無疑地，曹雪芹死前那幾年，已到了俗語所說的「斷六親」的困境；以致「一病無醫」，而且身後之事亦勞敦誠料理，其時除曹雪芹的族人以外，至親亦還有平郡王慶恆，及其表叔昌齡等在，何以竟如陌路，乃至不通問弔？這除了說明曹雪芹與內務府及本旗皆已斷絕關係以外，似乎別無可以解釋之處。

餘言

曹雪芹的身世背景，不但複雜，而且特殊；不但特殊，而且矛盾，加以幼遭家難，而又非一般世家的式微，只有貧富之不同，生活的基調不致大改可比；曹家自查抄後，回北歸旗，不僅生活環境，徹底改變，固有的生活型態亦不能保持，益以曹雪芹熱情豪放的稟賦，經過不斷的頓挫，形成一種不易為人理解的狂傲性格，越發使得他的一生如謎，不易索解。

但人畢竟是受環境影響的動物，如果能瞭解他當時的大環境；以及在此大環境下，所能容許產生的小環境，就已得的材料在不悖當時環境所許可的原則下，平心靜氣地分析，建立合理的假設；而又能不存成見，「上窮碧落下黃泉，動手動腳找東西」去印證其假設，則亦不難反映出曹雪芹的內在與表面。這面鏡子可能有些模糊，遙望曹雪芹的影子，或不免如霧裡看花，但輪廓大致是清楚的；最怕這面鏡子是哈哈鏡，則愈清晰，愈歪曲。

做學問平心靜氣，不存成見，談何容易？除了個人的修養以外，最要緊的是，要能擁有一個學術自由的環境，容許他靜靜地躲在一邊搞自己的東西，他有研究的自由，也有不研究的自由，有能不禁其閱讀某些資料的自由，也有閱讀了某些資料，不必表示意見的自由，在我自覺對曹雪芹已有相當了解之後，特別使我感動的是：曹雪芹在當時正是為了爭取這一份研究、創作的自由，不惜窮餓困頓以死！從這個觀點去看，我們不妨說《紅樓夢》是曹雪芹不惜一切爭取研究、創作的自由而終於成功的一個鮮明標誌！

原載六十七年九月二—四日《聯合報》

附錄
推薦高陽先生有關紅學的一篇重要著作

香港《明報月刊》一五〇期，有一篇特稿，名為〈曹雪芹故居之發現〉；具名「黃震泰原稿，黃庚編撰」。黃震泰為一居住北平的醫師及放射學教授，常至北平西郊香山作爬山運動，因而得識世居香山的土著舒成濬，「從而得知一未被重視的發現——舒先生目前之住所，極可能就是曹雪芹最後的居所，也就是撰寫《紅樓夢》的地點。」黃震泰深感興趣，與舒成濬合作，「作進一步之追尋，並得到相當肯定的結果。」

黃庚為黃震泰之子，現居美國；據黃庚說：「家父陸陸續續由家信中寫給我的他的研究，現在由我整理出來，提供各位紅學專家參考。」以下是黃震泰所聞所見。

一九七一年四月四日下午三時，在北京香山地區臥佛寺東南一公里左右健銳營正白旗的西南角路北門牌三十八號內，世居二百多年的舒成濬老師的夫人陳燕秀女士修理北房西山牆，發現早年逐層加抹的白灰牆剝落很多，看到牆上有墨字跡，遂沿著牆面慢慢揭開，發現滿牆全是墨筆題的詩詞。

一九七一年底「文物管理處」將灰皮揭下拆走保存，也許當時因是四人幫主持文化事務，對這一類文化古蹟不見得會予以重視，原件不知存放何處，至今六、七年來尚無下文。圖一是居停主人舒先生及他的夫人在灰皮未被取下運走以前，按照原排列格式抄下來的。從詩之平仄舛誤及某些字之不可解，想來可能是抄錄時之筆誤，現已無法對證。由於此一字跡之出現加上其他有關線索，我們有理由暫時假定此一地址為曹雪芹在他生命中最後十年撰寫《紅樓夢》的地方，從而盡可能地尋找具體的證據來證明此一假設。當然限於資料，目前的結論還是初步的。不過筆者仍願把發現之各種線索及論斷供諸對此問題有興趣之高明之士，以闡明此一假設有被求證之價值而已。現在我把愚見及事實分條列後以便參考。

這所謂「愚見及事實」共分十五點；但直接有關的主要論證，只有原列為（二）與（六）的兩點：

（二）我們再看「途人骨肉」的扇面詩，就內容看似乎不夠含蓄，然而人在窮困無聊難以自遣之際，也可能不擇字句一吐為快。我們可以用此詩和曹雪芹在《紅樓夢》中寫的標題詩：「朝叩富兒門，富兒猶未足，雖無千金酬，嗟彼勝骨肉」，又撰回末結聯云：「得意濃時易接濟，受恩深處勝親朋」比較，可以看出其對骨肉親朋間的貧富勢利世態炎涼的慨嘆是一致的。按照周汝昌在《紅樓夢新證》稽年考據一節所說：「一七四五年乙丑乾隆十年，曹雪芹廿二歲，流落無依寄居親友，《石頭記》撰作之業有加無已」（原書七〇六頁）。而此詩之年月為一七四六年丙寅四月（清和月）下旬，為移居西山之第二年，時間、內容、口氣皆相符。當然此一「丙寅」也可能是其他丙寅，不過年代之考據工作應配合其他證據，不能專看干支紀年。（如果歷史僅憑干支紀年，則一切年代都變成毫無意義了，脂硯齋庚辰本說不定是一九四〇年批的。此一題詩也可能是周宣王共和七年寫的了。）又從「抗風軒」

之命名，我們可以理解此詩作者所要「抗」的「風」顯然是指一種「風頭不順」的逆風。這又與曹家因為參加了胤禩、胤禟等集團與胤禎爭立，結果遭受政治風暴的衝擊有意義上之關聯。無權無勢的人要抗拒這種巨大的風暴，恐怕只能出之寫作與批評一途了。當《石頭記》的稿本被「內廷索閱」時，也許這個「抗風軒」就變成「悼紅軒」，聽起來委婉的多了。

（六）一九七一年春天當「文物管理處」把山牆上帶字跡的灰皮起走重砌新灰時，舊灰皮破碎不少，舒先生檢出一部分包成一包交與來人，但來人於出門後又棄之路旁，經舒先生拾回，試照原形排列攝成照片（見圖二）。能辨識之字僅得五十三字。筆者試與曹公所著「風箏譜」序文首頁曹公親筆雙鉤字作一比較（見圖三），發現很多相同之處。

黃文發表後，《明報月刊》主編胡菊人先生，致函高陽先生，希望他對黃震泰所提供的資料及說明，作一鑑定及評論。高陽先生因作本文交由《明報月刊》及本刊同時發表。

高陽先生的這篇大作，是他多年潛心研究《紅樓夢》的作者及其時代背景，所獲成果的結晶。在這篇文章中，他不但否定了「三十八號」絕非曹雪芹的故居；而且進一步證明了曹雪芹的故居並不在營區或社區中，而是一座簡陋的獨立建築；最寶貴的收穫是，考證出曹雪芹離群索居的原因是為了爭取創作的自由，已擺脫了「包衣」的身分。這是自胡適之先生的《紅樓夢考證》以來，紅學中最重要的一篇論文。我們預料本文發表後，將引起國內外紅學界極大的震撼。高陽先生自謂：他的論據一定站得住；願意接受任何人的挑戰。但他同時聲明：學術上的質疑辨難，必須彼此對問題的了解是在同一層次上，方能進行。如果是不成問題的問題，他保留不作答覆的權利。

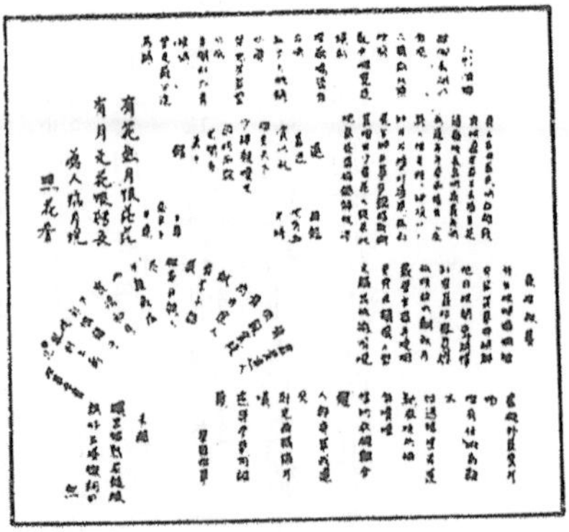

圖一　牆上墨跡按原位抄錄

圖二　故居三十八號牆上墨跡之一部分（殘缺不全者）

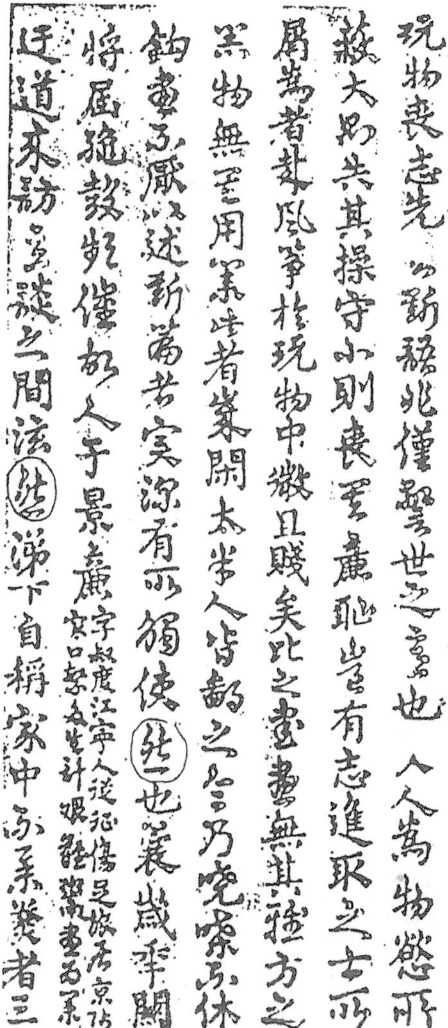

圖三　曹雪芹手書雙鉤「南鷂北鳶考工志」序文之首頁，此字跡與牆上發現書法有同處。

大陸紅學界的內幕
——〈曹雪芹的兩個世界〉讀後

十月初，趙岡兄自美國寄給我一封長信，說他看完我的〈沒有自由，那有學術〉以後，「一直在盼望台灣其他同好，也能對此事發表些意見，但迄未見有人為文，想來是因為黃庚先生的文章，在台灣無法讀到，令人無法探論。」接下來談到「幾點小意見」，其實倒是深論。

其中有我所應該接受的，也有我所無法苟同的。他在信的結尾處說「朋友間私下交換意見，辭句多未加斟酌，請不要交聯副發表。我與牛津大學的David Hawkes，也是常常如此，每隔一兩星期，彼此寫信交換一點意見。」為了尊重他的意願，我不能在本文中多談他的看法。趙岡兄在他的本行以外搞「紅學」，用志之篤、致力之勤、服善之勇、成就之大，一向是我所敬佩的。他在信中說：「將來有機會，我很想向那個基金會申請點錢，將全世界的紅學家邀集一堂，彼此當面交換心得，研討問題，聚上十天半月，一定非常有意義。」具此宏願，令人感動；覺得不能不說幾句老實話，以貢其一得之愚。

這篇〈曹雪芹的兩個世界〉，是他在雙十節前夕寫成，寄我轉給聯副。另有一信，談到「大陸上紅學界也是內幕重重」；這句話對我來說，是一個很大的啟示，頗有一些感想可談。我在想，曹雪芹的第二個世界之發現，其重要性遠過於曹雪芹「故居」之發現，為紅學上的一個重大突破。細讀趙岡兄的文章，我覺得我們對曹雪芹的性情的看法是相同的，他鄙視勢利，同情弱者，具有一份高貴的熱情。但是，我對他立論的根據，亦即是《廢藝齋集稿》八冊的真實性如何？實不能不持存疑的態度。如果此稿是清朝的刊印本，則既有年長於曹雪芹但生當同時，雖居高官卻以丹青受知於乾隆，彷彿閻立本第二的董邦達為之作序，明明白白指出「曹子雪芹」，其真實性是不容懷疑的；勢將成為紅學中的瑰寶，為研究曹雪芹及《紅樓夢》最重要的資料。但此稿如為抄本，就大有問題了。

誠如趙岡兄所說「大陸上紅學界也是內幕重重」。這些「內幕」不斷有人在揭穿；大致是作為一種「批鬥」的手段。有些只是運用「唯物辯證法」為「筆伐」；有些卻是振振有詞，足以破惑；令人確知從周汝昌所強調的曹雪芹畫像到黃震泰所說的「曹雪芹故居之發現」，都是靠不住的。

耶魯大學的馬丁先生，寄給我兩篇影印的資料，其中一篇辨析曹雪芹小照何以為偽，以及作偽的由來，出於專家手筆，相當精彩，不能不令人信服。此人在去年十一月曾受邀鑒定「陸厚信所繪曹雪芹小照單頁」（請參閱拙作〈沒有自由，那有學術〉第一節）的真偽。結論是：尹繼善的詩和字，為真跡當無疑義；小像是後人偽作的假骨董。小像和題字的情況是如此：

(1)墨色淺淡上浮：書法、圖章均極粗劣。

(2)「風流儒雅」四字，曾經挖改。

(3)背紙貼有虎皮宣紙長籤，上題「清代學者曹雪芹先生小照」，下署「藏園珍藏」。藏園為傅增湘別號；字跡與傅增湘的書法不類。

凡此皆為作偽之跡。資料中附印有「藏園珍藏」的長籤；我取《亦雲回憶》所附影印傅增湘致沈亦雲女士原函比對，書法確然不類，一望而知。

尹繼善的詩是「題俞楚江照」，已獲證實；冊頁一開又確是一張紙，則畫中人怎會不是俞楚江而是曹雪芹？問題在此，有趣亦在此；且看這位專家的解釋：

推想當時的情況，這一開冊頁應是整本冊頁的一頁。這整本冊頁的所有者應是俞瀚（楚江），前有他自己的小照，而且是一幅整開的，有雲樹、青山作為背景的小像。圖後各開有諸家的題詠。尹繼善為了表示謙遜，題詩在一開的後半開，前半開成為空白。又由於尹的官位、名望和行輩都很高，在俞瀚所交往的朋友中，無人肯在尹前題字，所以這半開空白紙就長期留存了下來，為後世所作偽者造成了可乘之機。作偽者把這開冊頁從整冊中取出，利用前半開白紙，補畫了曹雪芹先生的小像，冒名陸厚信所作，並加了一段識語，遂使觀者眼花撩亂，以為尹詩既是真跡，陸畫當然也是真跡無疑了。

此一解釋，完全合理。拙作〈沒有自由，那有學術〉中，對周汝昌「遽據不知誰何而題名『雪芹先生』的畫像，指曹雪芹曾為尹繼善的幕府」一說，予以斷然否定；於此得一有力的佐證。我當初曾說：這「是件很可笑的事」！證據顯示，果然可笑。

除了畫像以外，還有曹雪芹的塑像，那就更可笑了。黃震泰、黃庚父子編撰的〈曹雪芹故居之發現〉一文中，曾介紹一個名叫孔祥則的「六十歲的藝術家」；趙岡兄給我的信中，提到一個孔祥澤，當為同一人。據黃文，孔祥則畢業於華北藝專，為日本「名雕塑家高見」的學生；亦曾從一個風箏名家金中孚學習製風箏的技術。金中孚已九十高齡，據說是敦誠、敦敏的堂弟敦慧之後，清末是「內廷供奉，專門製作風箏」，所據的藍本，即是《南鷂北鳶考工志》；又藏有「曹公晚年另一手稿《廢（藝）齋集稿》，內容分八種。」這些秘笈，「由於近年來某種情況」，「未能公開出現」。

這些介紹，迷離惝怳，充滿了神秘感。但還有玄而又玄、神乎其神的說法。據黃震泰說，他有一張曹雪芹塑像的照片；「此塑像為印度德里大學楊鼎動教授所有，現寄存於紐約二小兒家」（按：當為黃庚）。當他向孔祥則出示此照片時，黃震泰記其言如此：

> 他（孔祥則）說曹公生前，為曹公塑雕的弟子共兩人，是親兄弟。十數年間，曾多次為曹公塑像可考的有七個，每次都經曹公本人指正改塑，如圖所

示的像，他見過三個，是辛巳年作品的仿製品，也就是七個中最後的一個（此像右手應持書卷，不過楊先生所有者已殘）。

此種說法，令人覺得孔祥則即令未見過曹雪芹亦必與曹雪芹的時代相去不遠。關於此塑像，另外還有「舒老師」作了「補充」說明：

他（舒老師）認為此像和他多年前見到關德榮的泥塑曹像，是同一風格流派。關德榮叫「泥人德」，人稱「德榮爺」，他是滿族有名的泥塑家。自採山石作礦物色彩。其所作塑像，膚色鮮明稍差，但永不褪色。他生年較曹晚，造像依據鄂比為曹公所畫的畫像。一般人認為鄂比之畫名，要較曹公之畫名為高。

所謂「舒老師」即是「曹雪芹故居」的現住人。黃震泰介紹他說，名叫舒成濬，本為一中學的化學教員；世居香山，本姓舒穆祿氏，他的六代祖姑母，即是敦誠、敦敏的母親。

金中孚是敦誠、敦敏的堂弟敦慧之後；舒成濬又是敦誠、敦敏的舅家之後，或以為何以如此巧合？不道巧中還有巧；更有個張宜泉的後人，名叫張行，是個木匠，他家存有一只刻有蘭花、題詞的木箱；就是由這只木箱上，「考證」出曹雪芹的繼室，「原是秦淮河畔的風塵中人物」，「外婆家姓顧」，「本姓尚待考查」。孔祥則說她「有文學基礎，能詩有詩稿，與曹結合在乾隆廿四年或廿五年，那時正是曹公應尹繼善之約，到南京兩江總督衙門作幕的時候。」

木箱這重公案，且擱在一邊，先說「曹公塑像」，真是無巧不成書；當我在寫〈沒有自由，那有學術〉時，淵雅伉爽的秦羽小姐來台省親，談起「曹公塑像」，她笑不可仰，讓我得了一條「獨家新聞」，要特為趙岡兄報導；這座「曹公塑像」，是秦羽令堂，替楊鼎勳教授在香港所買的。

秦羽告訴我，楊鼎勳是她家的世交，蒙古人、單身客居印度，以拉胡琴、玩骨董為客中排遣寂寞之計。中原變色後不久，香港到了一批大陸來的手工藝品，其中有一組泥人，一共三個還是四個，她記得不清楚，有屈原、武松、曹雪芹。秦羽的老太太便替楊鼎勳買了一個，寄到印度。秦羽笑著說：「我母親還替『曹雪芹』美了容；臉上的顏色太淡，我母親給抹了點兒胭脂。」

孔祥則所說的「曹公塑像，可考的有七個，每次都經曹公本人指正改塑」；以及舒成濬所說的：「造像依據鄂比為曹公所畫的畫像」，真相原來如此！

曹雪芹的畫像是假的，曹雪芹的塑像也是假的！那只木箱的原主，說是曹雪芹娶自秦淮舊院的繼室，他們的「結合在乾隆廿四年或廿五年，那時正是曹公應尹繼善之約，到南京兩江總督衙門作幕的時候」，如今已可考定曹雪芹根本無兩江作幕之事，又何能在秦淮河畔娶一「有文學基礎」的「風塵中人」為繼室？然則所謂「不怨糟糠怨杜康」的「悼亡詩」，縱非偽造，亦必與曹雪芹無關；連帶木箱亦就扯不上關係了！

至於舒成濬說他現住的是曹雪芹的「故居」，已有人隱隱然指之為一騙局；而黃震泰是「合作者」。說舒成濬在「發現」後不久，便將他家的「北房西屋布置成展覽室，一時之間，參觀者絡繹不絕的……參觀的過程，也就是舒先生滔滔不絕『宣講』過程。宣講的內容，不只是這些墨跡，甚至連北房中的一個雕花的木『隔斷』以及上面的花紋，也都要跟《紅樓夢》和曹雪芹拴在一起。參觀者是無法置喙其間，更沒有機會提出異議的。」又說：舒成濬向參觀者自我介紹為「舒舍予」（老舍）是「廿七中」的「語文」教員；黃文中卻介紹他為「第一中學」

的「化學」教員。舒的自我介紹，冒充舒舍予，黃震泰應無不知之理；其人如此，其言自不可信，而黃震泰「備言其事」，此所以為人隱指為騙局的「合作者」。

兩像、一箱、一牆，或為作偽，成為有意指鹿為馬；因此出於同一集團的《廢藝齋集稿》，在未經過徹底的鑑定，有充分的證明以前，不但不能遽信其為曹雪芹的原作；甚至可以作一又是在作偽的假設。

我研究了我所能得到的資料，已大致瞭解了趙岡兄所說的「大陸上紅學界的內幕」。原來自俞平伯先生被清算後，周汝昌賣師求榮，以一部材料充分、識力不足的《紅樓夢新證》起家，儼然為大陸上紅學界後起的「宗師」，與吳恩裕等人都算這門工作中的「領導班子」。大陸上的紅學，由於學術自由之受摧殘，以及「領導班子」經常會鑽牛角尖，所以不論是對曹雪芹身世的探索、《紅樓夢》創作的過程、版本流傳的情況、後四十回的作者，以及脂批的真相等等，都難有禁得起時間考驗，能普遍所接受的定論。但周汝昌、吳恩裕研究紅學，態度認真，比較正派；在蒐集材料的工作上，很花了些工夫，對海內外整個紅學界是有貢獻的。

不正派的，就是舒成濬、孔祥則的這個集團。他們不是研究紅學；以其學養而言，亦不夠資格研究紅學，只是偽造文物以牟利而已。他們的手法，是根據周汝昌、吳恩裕的說法，附會渲染，編造出若干片段的戲劇性傳說；這些片段的設說，頗具匠心，相互呼應，脈絡微通；使得肯用腦筋的人，更易於受愚。譬如孔祥則說：「曹公生前，為曹公塑雕的弟子共兩人」云云，驟看不解，曹雪芹怎會有學塑雕的弟子？但多想一想，想到《廢藝齋集稿》卷四的內容，就會說一聲「無怪其然」！孔祥則這樣說法，不但「證明」了曹雪芹生前有塑像，而且亦間接加強了《廢藝齋集稿》的「真實性」。

最要緊的是，這些片段的傳說中，一定有一樣「道具」，就是他們要待價而沽的假骨董。而在造假骨董之前，又先要造假身分。此所以與曹雪芹關係密切的敦誠、敦敏、張宜泉，便有後人或表親出現了。

接下來，由於一幅假畫，周汝昌斷定曹雪芹曾在兩江作幕，乃有曹娶秦淮風塵中人為繼室之一說；余澹心筆下的秦淮名妓，多嫻翰墨，因而乃有曹雪芹繼室賦題了悼亡詩的木箱出現。

吳恩裕曾訪問過住在香山的一個蒙古人張永海，聽到許多關於曹雪芹的傳說，其中談到曹雪芹有個好朋友鄂比，於是便有「依據鄂比為曹公所畫的畫像」而塑成的曹雪芹坐像出現。

在比較正派的紅學家看，此輩簡直是在「攪局」。本來根據各種跡象作出一個假設，還有成立的可能，經此輩加油添醋，說得神乎其技，令識者齒冷，以至於連原有可能為人接受的假設，亦不屑一顧。嚴肅的學術研究，變成可笑的騙局，自然令人痛恨。

因此，周汝昌一派與舒、孔集團之為敵，乃屬勢所必然；不過周汝昌一派所採取的打擊手段，是頗有可議的。據我所知，孔祥則由於不肯，也可能是禁不起鑑定，不敢交出某些資料，竟致入獄六月。這不肯交出的資料，大概就是《廢藝齋集稿》及曹雪芹「繼室」的「木箱」。如果舒、孔集團之計得售，我預料著還將有曹雪芹「繼室」的著作出現；孔祥則所說「曹公繼室有文學基礎，能詩有詩稿」，便是一個伏筆。

總之，對於曹雪芹是否曾輯有《廢藝齋集稿》這部書，我認為不可信的成分，大於可信的成分。因為果如所云，則曹雪芹救了許多窮人，何以身後如此淒涼？莫非這些窮人，盡皆忘恩負義之輩？他的「弟子」又那裡去了？至於境況已頗不差的「老手」，獨獨於「除夕冒雪而來，鴨酒鮮蔬，滿載驢背」，而平時無視於雪芹的「舉家食粥酒常賒」，亦非情理所應有。

考證工作貴乎切實，一點一滴地累積，一寸一寸地鑽研，並無捷徑。資料的鑑別，對於立論的正確與否，關係至大；差以毫釐，失之千里，枉拋心力，回頭已晚。對於大陸發現的文物資料，我一向持著戒心，因為我提到過好些作偽的證據；「盡信書不如無書」，無書不過學問上停滯，盡信書則有誤入歧途的危險。趙岡兄所提出的〈曹雪芹的兩個世界〉，我樂於接受其假設，但迫切地希望趙岡兄能發掘其更多更有力的證據。

最後有幾句話不能不說，我相信黃震泰、黃庚父子絕非舒、孔集團的「合作者」，因為我信任趙岡兄；他的朋友不會是騙子。不過，看樣子黃家父子是受愚了！這是我不能不提醒趙岡兄以及其他對紅學有興趣的人的。

原載六十七年十一月二十八、二十九日《聯合報》

附錄
曹雪芹的兩個世界

趙岡

最近大量出現的新材料，使得我們對曹雪芹的生平與為人都有了進一步的了解。在過去，曹雪芹在人們的心目中只是一個偉大的文學家，寫過中國文學史上最動人的一本小說。現在看來，情形並不這樣簡單。我們對於曹雪芹的童年生活，或者說是生活環境，略有一些眉目。

對於他十三歲到成年這一階段，整個是一片空白。近年出現的材料全集中於他一生最後的十幾年。大體說來，他最後十幾年可以劃分為兩個時期。在這兩個時期中，他的思想有了巨大的轉變，他的活動範圍也是在兩個極相懸殊的社會階層，他的寫作對象與內容也是迥異的。

在第一個時期，不論他的動機如何，總算是一個文學家，或小說作家。但是在第二個時期，他徹底轉變，成為一個完全入世的社會工作者，或是民眾教育家。從思想上來看，他的第一個時期還有相當濃厚的老莊及佛家的色彩。但是在第二個時期，卻變得十分接近墨家的路線，要摩頂放踵以利天下。

曹雪芹這種尖銳的轉變與奇異的結合，追根究柢，可以說是與他童年生活環境有密切關係。

他的童年有與眾不同的物質條件，而他本人又具有極高的才華以及過人的領悟力。這種種條件的配合，使他在很短一段時期內，成就了一肚子的「雜學」。這些範圍廣博的雜學，在雪芹成年以後，就因所受的刺激不同，而發揮了不同的奇異作用。

曹雪芹的上世，三代四人連續擔任江寧織造達六十餘年之久。因為他們是康熙皇帝的親臣，除了織造的正式工作以外，還是皇帝派在江南地區的耳目。曹家已屬上層的官宦世家。康熙幾次南巡，更使曹家錦上添花，形成深遠的影響。江南三處織造是內務府的直轄機構，當皇帝南巡時，奉旨負責江南地區接駕工作。接駕工作本屬臨時性的任務，但是每次籌辦與善後，卻不是三五月所可竣事。康熙幾次南巡，而每次間隔時間很短，對於三處織造而言，接駕已經變成了經常性的任務。這點對於曹家的生活發生重大影響，曹家所住的織造署，隨時要充當行宮，署中的布置陳設要經常維持近似皇宮的水準，曹寅本人已十分注意飲食烹調，為了承應接駕，乃精益求精。為了接駕，織造還要安排娛樂節目，於是不得不經常訓練戲子，時加演練，也要網羅蓄備奇技淫巧之士，隨時聽用。

曹雪芹未曾趕上曹家的全盛期，未曾親歷任何一次接駕大典，但是當年接駕工作遺留的後果卻不可避免的影響到他這一代的生活條件。居所規模與陳設之豪華，飲饌之精緻，必定都在一般官宦之家以上。到雪芹這一代，曹家一定還與若干身懷特別技藝之士保持聯繫，以備不時之需。這種種特殊條件，對於才智平庸的紈袴子弟未必會發生什麼作用。但是對於天分極高，而又具多方面興趣的雪芹，情形就大不相同。他利用了這些特殊條件，學得了很多技藝，然後再進一步發揮與創新。

我們今天尚未獲得任何具體文字資料，說明雪芹童年學過什麼，如何學的。但是雪芹腹中的若干雜學，不可否認是發源於這段時期。資料顯示雪芹會燒一手精彩的南方名菜。籍家以後來到北京郊外的貧民區，過著窮困的日子，想來難有機會去學江南地區上流社會的烹飪。這套手藝一定是他童年在江寧家中學來的。另外一個例證是，雪芹晚年曾教授別人編織技術，把高級織錦的經緯結構及紋樣應用到普通手工編織上。我們知道，結花本是屬於紡織工藝中的高級技術，一向是掌握在專門技師手中的專利品，輕易不外傳的。想來這也是雪芹當年從江寧織造工廠中學來的。織造公子要學結花的要訣，那個老師父敢藏私不教？

雪芹腹中的雜學的另一明顯來源是曹家的藏書。曹寅的藏書在當時已是有名。從其書目可以看出，曹家藏書中「雜部類」為數極夥，而尤多世所罕見的珍奇鈔本，包括醫卜、星象、曆算、金石譜、花譜、文房四寶、膳食飲茶，無所不收。雪芹有機會廣泛閱讀這批書籍，而且有能力很快吸收書中菁華。

不過，我們可以斷言，雪芹當年追求這些雜學，純屬個人興趣，而不是抱持任何具體的目的。他未必就認識到某些技藝的實用性，等到將來萬一家道敗落，可以派上用場。

雪芹一生的最後十幾年，貧居北京西郊，可分為兩個不同的階段。其劃分點，大體說來，可以定為乾隆廿三年（一七五八）。第一個時期約十年，正是《石頭記》的創作期，按我的推算應是從乾隆十三年（一七四八）到乾隆二十三年遷居白家疃止。《石頭記》的創作「十年辛苦不尋常」，正是這十年。雪芹是五次改寫。最後一次改寫在乾隆廿三年完成，便遷居白家疃。第五次改寫的書稿也於次年（一七五九）抄清，附有脂硯齋的四次評閱，是為己卯四閱定本。

該年冬脂硯齋又進行了第五次評閱，即己卯本上署有「己卯冬」的硃筆眉批。雪芹由極度繁華一降而為蓬牖茅椽繩床瓦灶式的生活，不免產生滄海桑田人事變幻的感嘆。《石頭記》完全反映了他此時的思想。此書是揉合回憶錄式的家傳及自己心目中幻想的完美樂園。在思想上是相當消極，隨處透露佛老的色彩與「色即是空」的觀念。雪芹撰寫《石頭記》，大概是圖自我發洩，並無傳世賺錢的計畫。這個時期，在交友方面，雪芹也未脫本色，是以高級智識分子為主，加上幾個官場人物，大家的來往活動，不外是賦詩飲酒，相互唱和。

從一七五八年遷居白家疃起，雪芹的生活及思想都進入了一個嶄新的階段，己卯本《石頭記》以後，我們沒有見到任何增刪修改，甚至連幾段待補的簡單殘缺之處，均未見補寫，可證他已決心結束《石頭記》的寫作工作。在這一個時期中，他的思想與生活均充分反映於《廢藝齋集稿》一書。此書共八冊，分別講授八種實用的工藝。根據吳恩裕及黃庚的前後幾篇文章報導。《廢藝齋集稿》八冊的內容如下：

卷一，蔽芾館鑑印章金石集，講論怎樣選石、製鈕、製印，刻邊款的章法、刀法等等，還有彩繪圖式。

卷二，南鷂北鳶考工志，是講風箏的紮、糊、繪、放，附有風箏彩圖及紮繪歌訣。

卷三，名不詳，講編織，是為盲人設計的操作方式，以口訣傳授為主。

卷四，書名不詳，是講脫胎雕塑，不是依舊法用泥製胎模，而是用榆皮、紙漿、桃膠混合製成。

卷五，名未詳，講織補的。

卷六，名未詳，講印染技術。

卷七，岫裡湖中瑣藝，講園林布置。

卷八，斯園膏脂摘錄，講烹飪之術。

根據現有的資料判斷，這八冊書全是實用的工藝技術。而且雪芹撰寫這些書，也不是採取傳統的器物譜錄的方式。這些書都是雪芹親手編製的教材與講義，以供教導學藝之人。雪芹傳授技藝對象是窮苦無業，無法謀生之人，以及盲人及其他有殘疾者，無法以通常的方式來學藝者。雪芹特別設計了一套教授法，可以使盲者領悟學習。教材主要是用歌訣方式編寫，以便學習之人記誦。此外，還有一本《此中人語》的書，據看過的人敘述，這是一本雪芹的補充教材，對於某些歌訣的注釋與講解。雪芹也很有耐心的批審學生作業，每次還詳細的說明作業的缺點及改進之方法。

據判斷，這八冊工藝教材是按年編的。第一卷金石集成書較早，可能原是自己為繪畫刻印所留的筆記與心得摘錄。後來才編為教材。第二卷風箏譜，有雪芹自序，作於丁丑，乾隆二十二年（一七五七）。以下六冊，大約更晚，全是白家疃時期的產品。據說很多還是由其續絃妻杜芷芳親為抄謄，並有她的署名。

雪芹是如何由半消極、半出世的思想狀態，一變而為積極的、腳踏實地的社會工作者及民眾教育家？這可以由其書名及自序中看出其思想蛻變過程之大半。雪芹當年靠了特殊的環境，自己博雜的興趣，以及過人的領悟力，學來一肚子的雜藝，但是從來未曾想到有一天會拿這些雜藝派上大用場。相反的，他曾經一度相當懊悔，自覺當年不該花費如許時光沉浸於雜學之間。他特別提到「玩物喪志」的道理，而且自諷性的稱這些技藝為「廢藝」。「廢藝」與「廢物」意義相類，既不能吃又不能用。他整個看法的轉變是源於于叔度的事件。這是一個大轉捩點，使雪芹突然發現這雜藝並非無用之廢藝，而是大可以濟世活人的。從此，雪芹有了新的看法，他的人生也走上了一個新的途程，一個新的方向。

于景廉，字叔度，江寧人，從征傷足，旅居京師，家口繁多，生計艱難，後來意外得雪芹之助，成了北京的風箏專家。據雪芹自序中說，前後情形如下：（按吳恩裕校補文）

故人于景廉迂道來訪。立談之間，泫然涕下。自云家中不舉爨者三日矣。值此嚴冬，告貸無門。小兒女輩，牽衣繞膝，啼飢號寒，真令人求死不得者矣。聞之愴惻於懷，相對哽咽者久之。

適值斯時，余之困憊久矣，雖傾囊以助，何異杯水車薪，無補於事。勢不得不轉謀他處，濟其眉急。因挽其留居稍待，以望謀一脫其困境之術。夜間偶話京城近況。于稱某邸公子購風箏，一擲數十金，不靳其值。似此可活我家數月矣。言下慨然。適予身邊竹紙皆備，戲為老于紮風箏數隻，遣其一併攜去。

是歲除夕老于冒雪而來，鴨酒鮮蔬，滿載驢背，喜極而告曰：不想三五風箏，竟獲重酬，所得當共享之，可以過一肥年矣。方其初來告急之際，正愁無力以助。其間奔走營謀，亦殊失望；愧謀求無功，不想風箏竟能解其急耶！因思古之世，矜寡孤獨廢疾者有養也，今則如老于其一，一旦傷足，不能自活，其不轉乎溝壑也幾稀。風箏之為業，真足以養家乎？數年來老于業此已有微名矣。歲時所得，亦足贍家自給，因之老于時時促余為之譜定新樣。此實觸我愴感。於是援筆述此南鷂北鳶考工志，……將以為今之有廢疾而無告者，謀其有以自養之道也。

雪芹在自序中再三提及老于之事使他「深有所觸」方「以述斯篇」。所觸者就是他的轉捩點。正在自嘆無才補天的頑石，忽然發現他胸中雜學居然也能濟世活人。由機製風箏而聯想到其他各種實用的手工藝技術，於是雪芹開始一連串的編寫工作，做為授藝的教材。從此，這些無意中學來的各項「廢藝」，發揮了莫大的功能。

雪芹在其風箏譜中曾提到墨子作木鳶之事，並論述道：

揆其初衷，始欲利人，非以助暴；夫子非攻，故其法卒無所傳。

他稱墨翟為夫子，而且推崇其觀點。看來此時雪芹確有接近墨家思想的傾向，摩頂放踵，濟世利人。他以各種技藝授人，使其有自養之道，但是從來沒有牟利之念。他不是免費授藝，就是公開示範，自己最後反是貧病而卒。對於雪芹這一時期的工作評價，董邦達在序言所說的幾句話，確屬定評：

嘗聞教民養生之道，不論大術小術，均傳盛德，因其旨在濟世也。扶傷救死之行，不論有心無心，悉具陰功，以其志在活人也。曹子雪芹憫廢疾無告之窮民，不忍坐視轉乎溝壑之中，謀之以技藝自養之道，厥功之偉，曷可計量也哉。……愚以為濟人以財，只能解其燃眉之急，濟人以藝，斯足養其數口之家矣。是以知此書之必傳也。與其謂之立言，何如謂之立德。

所以雪芹撰寫《石頭記》的時期，是立言，後來進入《廢藝齋集稿》編述期，則是立德。

由於雪芹前後兩時期的工作性質迥異，而活動的範圍也是兩個絕相懸殊的社會階層，他給予後人是兩種不同的image，而有關雪芹的傳記資料，也是散存於兩個不同的世界裡。對於學術界來說，雪芹是天才的大文豪，寫過中國文學史上最佳的一部長篇小說。要找有關雪芹的資料也是集中於康雍乾三朝詩文集，宮廷檔案，以及雪芹詩友遺留的作品。在另一個世界中，雪芹是手工藝者的導師，是一代名廚，是風箏製作業的祖師，是編織業的倡導人，是泥塑業的宗匠與改革者。這些人把雪芹的遺著抄來，視為寶典秘笈，一代一代珍重傳流下來，據以謀生。此外還有大量的口碑，以及零星的文字性的傳記資料。不幸是，這兩個世界在過去是絕緣的，音訊阻隔，毫無交通。紅學家研究曹雪芹與《石頭記》。手工藝者供奉他們的導師。

直到近兩三年，這兩個世界才發生了接觸，彼此交換資料，不過情形還是不夠理想。大家應該再深入曹雪芹的第二個世界中去，發掘新的材料，使我們對中國歷史上最偉大的心靈之一得到更全面的了解。

假骨董——「靖藏本」

《紅樓夢》的版本問題，複雜異常；本宜執簡馭繁，只要將甲戌本、庚辰本、有正本、程甲高本及有高鶚筆跡的紅樓夢稿的淵源有個大致的瞭解，在研究工作上已經夠了。但偏有人反其道而行之，由執簡馭繁變成治絲益棼；如所謂「靖本」者是。

「靖本」者靖應鵾家藏本的簡稱。這個本子據說是一名毛國瑤的人所發現，原本業已遺失，成了個不可解的謎，但「幸而」毛國瑤抄下了一百五十條批語。去年看到香港某雜誌上發表的一篇文章，題目叫做〈靖本瑣憶及其他〉，作者具名靖寬榮、王惠萍，即為靖應鵾的兒子與媳婦。據作者自敘其家世說：

筆者幼年曾聽祖父（名松元，字長鈞）說過，我家原籍遼陽，本不姓

「靖」，因祖上有軍功遂賜姓「靖」。後來，始祖由北方遷到江南，在江都落戶，居處後稱「靖家營」。約當乾嘉之間，我家這一支又由江都遷往揚州城北之「黃金壩」。清末，家已敗落，約在一九一〇年祖父隻身來南京謀生。先在輪船上當學徒，後因修築津浦鐵路，轉到鐵路上工作。他當時的工牌是「七號」，意即第七個中國工人。

我有一位伯父、四位姑母。除大姑、二姑外，伯父和兩位姑母都有一定的文化。四姑母靖英，畢業於鎮江臨江師範，伯父靖應鵬（又名靖鵬）畢業於南京某中學。抗日戰爭勝利前伯父與四姑母一直在浦鎮的小學任教，伯父曾一度任校長。父親靖應鵾，初中畢業，解放前，在浦口火車站工作。

我祖父從揚州遷來南京時，浦口還是江灘。他首先是在浦口大馬路後面的巷子蓋房居住，這條巷子就叫「明遠里」，大概是由靖氏堂名叫「明遠堂」而來。

又據周汝昌在〈紅樓夢及曹雪芹有關文物敘錄一束〉一文中，談「版本」所說：

夕葵書屋是吳鼒的書齋名。鼒字山尊，全椒人，也是乾嘉時期的一位詩文書畫俱能的著名文士。他晚居揚州，據說靖本原藏者的先人八旗某氏，因罪由京遷揚，和吳鼒有所交游，所以靖本中才會有了這一頁殘紙。吳鼒富收藏，精校勘，又是八旗詩匯《熙朝雅頌集》的主要編纂者，其中竟然選錄了有關曹雪芹的詩篇，我看很可能與他的編輯有關。他所收藏的《石頭記》，亦必非一般常本。這個本子也不知存亡若何。深盼此本和靖本都還有再現之日。

關於「夕葵書屋」云云，留到後面再談。這裡先說靖某的家世，即頗有令人難以置信之處。揚州是否有個靖家營，不得而知；但地名為營者，大致原為屯兵之地，如北平的前門外的四川營，即為明朝崇禎年間，四川石砫土司秦良玉領兵勤王的駐軍之處；而營上冠以姓者，又必有來歷，如《嘉慶一統志》卷九四，淮安府下：

> 伍家營在桃源縣西四十里，相傳伍員故里。

據靖寬榮自言，先世遼陽，有軍功而賜姓「靖」；在江都（揚州）落戶時，居處稱「靖家營」，則必為旗下領兵的大將，屯駐揚州，乃能有「靖家營」的地名，而且此「旗下領兵的大將」，極可能有爵位，但不獨《清史列傳》中無姓靖者；翻遍《清史稿・諸臣封爵世表》，清初所封五等爵，亦無姓靖的人。

又按《一統志》所載江蘇武職官：

江寧將軍：駐江寧府。

副都統：舊置左右翼二員，乾隆三十四年裁一員。

鎮守京口副都統：駐鎮江府京口，舊置將軍，左右副都統；乾隆二十八年裁將軍，並裁副都統一員。

如上記載江蘇的旗下高級武官，只江寧將軍及駐京口（鎮江）副都統各一員。至於揚州營有參將，有右營游擊，又有河營參將，但都屬於綠營；換句話說，揚州根本就沒有旗下的武官。

至於周汝昌所說「據說靖本原藏者的先人八旗某氏，因罪由京遷揚」，是對八旗制度毫無了解的話。旗人在京犯罪，如獲不准在京居住的處分，名之為「發遣」，必為關外及西北邊荒之地；甚至雖在邊荒之地而為原籍者，亦必改成他處。這只要稍為翻一翻《欽定中樞政考》，便可知道。如說旗人在京犯罪而「煙花三月下揚州」去享清福，此真是奇談之尤了。

現在談所謂「靖本」發現的經過，據靖寬榮自道：

一九四七年伯父病故。他們當時兄弟並未分家，所有書籍和雜物都歸我父親。一九五五年我父親搬到浦鎮東門，當時房屋逼仄，書籍雜物都堆放閣樓上。一九五九年毛國瑤同志就在閣樓上看到這部《紅樓夢》抄本的。當時存放在閣樓上的書和雜物，有一部分在文革前已被我母親陸續賣給收破爛的了。抄本《紅樓夢》是否被她賣掉，後來問她時，她已記不起來了。

原書雖已不知下落，但批語猶存；靖寬榮說：

一九五九年毛國瑤同志借閱《紅樓夢》抄本時，曾摘錄了一五〇條批語。

一九六四年他將這些批語寄給北京俞平伯老先生，俞老說：「這些批語很有價值」，毛國瑤再來我家問這部《紅樓夢》抄本時，已經找不到了。由此可知，抄本失落的時間，大概在一九五九—一九六四年之間。此後，他又將所抄批語分別寄給吳世昌、吳恩裕、周汝昌三位，並通信討論其中的某些問題。由於原書不存，國瑤同志未將批語發表。當俞先生來信問及這部抄本時，我父親曾在所有藏書中仔細查找。抄本沒有找到，卻在另一部舊書中發現一張紙條，記錄了一條批語。俞老函告說這條批語很重要，國瑤同志就勸我父親把這一紙條寄給俞先生，請他轉送給文學研究所保存。我父親立即寄了去，俞先生在殘葉旁寫了批語。並將它拍成照片，分送給我們一張。至今這張照片和俞先生的來信我們都保存未失。這時，吳世昌、吳恩裕、周汝昌三位先生都不斷來信，尤其周汝昌先生來信最多，索取有關資料。可惜我們連片紙隻字也拿不出來，實在感到抱歉！一九六四年下半年國瑤同志查出了這張紙條上面記的「夕葵書屋」是清朝吳鼒的室名。

吳鼒一名，頗為陌生；但提到吳山尊，對國學稍曾涉獵者，大致都知道他是揚州鹽商由盛轉衰時期的大名士；四六名家，捷才無兩。而這張拍了照的「紙條」正就是這件偽造骨董案的關鍵，願讀者識之。

何以我說這是件「偽造骨董案」？因為有種種證據，引導我們作此判斷。現在先錄一段靖寬榮所發的牢騷：

當時俞平伯先生已受到批判。對於發表《紅樓夢》方面的資料我們很有戒心，所以毛國瑤同志曾告訴周汝昌先生等不要對外發表。一九六五年周先生來信索取「夕葵書屋」批語的照片。國瑤同志給他和兩位吳先生每人寄去一張。不久周汝昌又來信說他的令兄祜昌先生也想要一份，不料這張照片寄去後卻被他寄到香港《大公報》「藝林」，並且發表了談這個抄本的文章，萬想不到文化大革命期間，這竟成了我們的「罪狀」。毛國瑤同志被誣指為「裡通外國」，我父親因此被連續批鬥，而且抄了家，所有書籍全部被抄光，至今仍沒有歸還。

按：大陸上「做」學問，最重材料；有了材料，可說一大堆無用的廢話；出了問題，所負的責任亦比較輕，如周汝昌假其兄周祜昌（此人可能亦是胡適之先生的「徒弟」，適之先生曾跟我談過，記不清楚了）投機騙稿費，而倒楣的是靖家及毛國瑤；但此事如非作偽，則遭遇亦不致如此之慘。

「文革」的「十年浩劫」之後，舊事重提；靖寬榮說：

一九七五年江蘇省文化局通過南京圖書館向毛國瑤同志索取摘錄批語的底本。毛國瑤同志將他的底本連同我的過錄本一併交出。隔了兩年之後，毛國瑤同志要求發還，才由南京圖書館寄回。

行文至此，我覺得需要將過去的情況作一個清理，以醒讀者眉目：

一、一九五九年，毛國瑤看到這部靖本，「摘錄了一五〇條批語」。

二、在一九六四年以前，原書已經不在靖家，如何失落，原因不能確定。

三、在一九五九至六四年間，靖應鵾發現了一張上記有「夕葵書屋」字樣的紙條。

四、一九七五年毛國瑤有一部「摘錄批語的底本」，而靖寬榮有此「底本」

的「過錄本」，曾由「江蘇文化局」索去，兩年之後發還。

如上所敘「靖本」不但無原書，且亦無抄本；所有者，只是兩個「摘錄批語」的抄本。但周汝昌的記載，卻令人迷惑；他說：

> 靖本有兩個特色：一、它保存了很多不見於其他諸本的朱墨批，見於他本的，也多有文字異同；二、小說正文也有獨特的異文。附帶可以提及的，靖本裡面還偶然保存了另一「夕葵書屋本」的過錄殘頁一紙，也有一定參考價值。
>
> 靖本原書，筆者未及目驗，即因不慎而遭迷失，幸而由毛國瑤先生將不見於戚本的批語都忠實地摘錄下來了。本節敘錄，一則在介紹梗概，二則也為向有關方面請求留意調查它的下落，希望還能找到，使它發揮應有的作用，——或者引起此本的目前保存者的重視，作出報導。
>
> 靖本一如其他抄本只存八十回為止的「前半部」，中缺第二十八、二十九兩回（第三十回殘失三葉），實存七十八回。分釘為十厚冊，而又係由十九小分冊合裝而成「一」。每分冊皆有「明遠堂」及「拙生藏書」篆文圖記。

書已十分敝舊，書葉中縫折處多已斷裂，字跡亦多有蟲損及磨失之處。

從書中情況看，第十七、十八回在庚辰本原為相連的一個「長回」的，此本已經分斷，但分法與戚本不同，這一點和另外一二處痕跡，說明此本年代可能比庚辰本略晚，而早於戚本。又其間有三十五回（十一，十九—二十一，二十五—二十七，三十—三十六，三十八—四十，四十四—四十六，五十—五十二，五十五—六十二，六十八—七十七）全無批語。緣故未易遽斷，或者可能是有所集抄拼配的一個本子。就它十七、十八兩回部分而言，說「比庚辰本略晚」，蓋是；但又有比庚辰本為早的個別跡象（詳下）。這些矛盾現象，說明配抄的可能要大些。

所存四十三回的批語，有眉批、行間批、句下夾注批、回前回後批等不同，朱墨雜出，有一條竟是用墨筆將朱筆（文義未完）塗去。文字錯亂訛誤較甚。有些竟難尋讀。情況是出於過錄無疑。

摘錄者當時只以戚本對照，錄出了為戚本所無的批語共計一百五十條。這些，當然有一部分是雖為戚本所無而另見於他本的，但是文字時有異同，又常有比別本多出的字句。所以其價值並不因別本有之而減低。摘錄者十分忠實仔細，錯亂訛缺，一一照舊，連細微的蟲蛀磨損等處也都標記說明。因原本迷失，這些摘錄便成為很可寶貴的資料。

周文中明顯的疑問是：

一、周汝昌既謂「靖本原書，未及目驗」，又未說明是看到原書抄本（事實上並無抄本），則從何而知「小說正文也有獨特的異文」；又有所謂「從書中的情況看」的話？

二、所謂「摘錄者」指毛國瑤，而他「十分忠實仔細，錯亂訛缺，一一照舊，連細微的蟲蛀磨損等處，也都標記說明」。試問毛國瑤何不憚煩如此；研究《紅樓夢》，不是考證碑版金石，這樣連「蟲蛀磨損」都記得明明白白，有何功用？退一步言，既有此不憚煩的工夫，又何不照抄全文？

至此可下一斷語，此假造骨董案，毛國瑤是主謀，靖家父子可能同夥，甚至周汝昌也脫不了嫌疑。靖文中對周汝昌頗致不滿，則以時異勢遷，周汝昌的想法已有改變之故。這一層我留到後面再說；先談作偽的證據及目的：

第一，周汝昌說：為戚本所無的批語一百五十條，文字時有異同、又常有比別本多出字的字！「所以其價值並不因別本有之而減低」，這是扯淡的話。甲戌本之價值特高，即因有批語中揭破「秦可卿，淫喪天香樓」的真相，而靖本中並無此種珍貴的「情報」，所有異文，無非特布疑陣、故作玄虛而已。而文字又故意錯亂至不可卒讀，這倒是給了周汝昌「自炫其學的機會，許多不可卒讀的批語，經過他的拼湊，居然都能成文了，如：

第四十一回一條批尤有新內容。在敘及妙玉不收成窯杯時有眉批云：「妙玉偏辟（僻）處，此所謂『過潔世同嫌』也。他日瓜州渡口勸懲不哀哉屈從紅顏固能不枯骨□□□」（所缺三字，前二字磨損不清，似「各示」二字，末一字蛀去）

這一條批語，後半錯亂太甚，校讀已十分困難。今姑暫擬如下：

「他日瓜洲渡口，各示勸懲，紅顏固不能不屈從枯骨，豈不哀哉！」

或者可以校讀為：

「他日瓜洲渡口，紅顏固□屈從枯骨，不能各示勸懲，豈不哀哉！」

批語透露原書情節的，還可舉一條為例。第六十七回回前批云：

「回撒手乃已悟是雖眷念卻破此迷關是必何削髮埂峰時緣了證情仍出士不隱夢而前引即秋三中姐」

文字錯亂已甚，初步校讀為：

「末回『撒手』，乃是已悟；此雖眷念，卻破迷關。是何必削髮？青埂峰證了前緣，仍不出士隱夢中；而前引即『湘蓮』三姐。」

凡是做過校勘工作的人都知道，錯必有因，皆由於書手的程度不夠或疏忽所致，斷無為靖本這種不可理喻的錯法——這種錯法只有一個可能，排字房的小徒弟不小心，打翻了一部分排好的鉛字；胡亂撮列成行。這在抄本中可能嗎？

譬如周汝昌所提出的一條：

第四十一回有眉批云：

「尚記丁巳春日，謝園送茶乎？展眼二十年矣。——丁丑仲春，畸笏。」

丁巳是乾隆二年（一七三七），丁丑是乾隆二十二年（一七五七）。「丁丑仲春」和前文所引「辛卯冬日」（乾隆三十六年，一七七一），都是不見於他本的作批年月。謝園一名亦初見。這些，對於考察《紅樓夢》及批語的寫作時間，曹雪芹的交游活動等，都有一定的幫助。

此將「轉眼」認為「展眼」；按：抄書非他人口述筆錄。如為筆錄則可能以「轉眼」誤書為「展眼」，音固不誤；抄書以目「轉」字絕不會誤認為字形全不相似的「展」。又此條仿庚辰本批：

傷哉！作者猶記矮顱舫前以合歡花釀酒乎？屈指二十年矣。

不但故弄玄虛，而且自以為聰明地搞得非常笨拙、馬腳盡露，如十三回，據陳慶浩《新編石頭記脂硯齋評語輯校》。於「彼時合家皆知」輯錄批語如下：

〔甲戌眉批129b〕九個字寫盡天香樓事，是不寫之寫。

〔庚辰眉批272〕可從此批。

〔靖藏〕九個字寫盡天香樓事，是不寫之寫。常村。

〔靖藏硃筆眉批〕可從此批，通回將可卿如何死故隱去，是余大發慈悲也。嘆嘆！壬午季春，畸笏叟。

〔參本回庚辰回末總評〕

「靖本」兩批，不過將甲戌、庚辰兩批，略作變化，「九個字」云云，加批者之名，而又故意誤「棠」為「常」，硃筆一批，則「通回」以下云云，更為作偽之證，因十三回「回前總批」，「靖本」所批，為周汝昌所稱道；他在舉棠村誤為常村後說：

與此相關的，尚可舉二條。其一，同回回前批云：

「此回可卿『托』夢阿鳳，作者大有深意，……其言其意，令人悲切感服，姑赦之，因命芹溪刪去遺簪、更衣諸文。是以此回只十頁，刪去天香樓一節，少去四、五頁也。……」

由此得知原稿刪去的有「遺簪」「更衣」等文字，曾寫及賈珍與秦氏的醜事。

但「天香樓」一名，靖本正文卻作「西帆樓」，並有批云：

「何必定用西字？讀之令人酸鼻。」

這恐怕足以說明靖本此回還保留了某些原稿的痕跡，而後來作者索性就接受批者意見，連「西帆」二字也改去了。

按：「西帆」不典，姑且不論；但不通則事實俱在，寧周府不管是在北京還是金陵，必在城內，既不能泛江，又不能觀海，試問從何得見西帆？

此外還有荒唐，而周汝昌可借以作「共產八股」的是：

「孫策以天下為三分，衆才一旅；項籍用江東之子弟，人唯八千。遂乃分裂山河，宰割天下。豈有百萬義師，一朝卷甲，芟夷斬伐，如草木焉！江淮無崖岸之阻，亭壁無藩籬之固。頭會箕斂者，合從（縱）締交；鋤耰棘矜者，因利乘便。將非江表王氣，終於三百年乎！是知併吞六合，不免轘（軹）道之災；混一車書，無救平陽之禍。嗚乎，山岳崩頹，既履危亡之運；春秋迭代，不免去故之悲。天意人事，可以淒滄（愴）傷心者矣！大族之敗，必不致如此之速；特以子孫不肖，招接匪類，不知創業之艱難。當知瞬息榮華，暫時歡樂，無異於烈火烹油，鮮花著錦，豈得久乎？戊子孟夏，讀虞（庾）子山文集，因將數語係此。後世子孫，其毋慢忽之。」

這種批，內容比較複雜。一方面表示了封建階級對其沒落命運的悲哀，一方面又反映了當時的統治集團內部的種種矛盾鬥爭，其所謂「匪類」，不是指一般意義的「壞人」，而是指足以使他們捲入皇室爭位這類事件的漩渦中去的人事社會關係。如果只是一家一族之事，就不會引錄像庾信〈哀江南賦〉序文中的那樣的話了。所以從這個角度來看問題，此批（以及還有一些類似的）還是值得注意的。

讀庾信〈哀江南賦〉認為可以垂訓子孫，而特為記於《紅樓夢》的稿本上，世間有這種可笑的事嗎？而更可笑的是周汝昌的見解：「如果只是一家一族之事，就不會引錄像庾信〈哀江南賦〉序文中的話了」，彷彿畸笏叟，早就精通共產黨的理論，應該是馬克思的「祖師」。

然則作偽的目的何在呢？亦不妨先看周汝昌所記：

> 最後，可附帶一提的有兩點。一是靖本首冊封面下黏一長方紙條，左下方撕缺，尚可辨為「丙申三月◆錄」字樣，上有墨筆所寫曹寅題「楝亭夜話圖」七古詩一首。這可證錄者已知《紅樓夢》作者與曹寅有世系關係。另有一單頁紙條，據發現者云在靖本中夾存，其首行書「夕葵書屋石頭記卷之一」字樣，次錄一條脂批（亦見甲戌本，但文字有少數異同，茲不繁引）。

很顯然的，「一長方紙條」及「一單頁紙條」合在一起，是要讓人產生這樣一種感覺：此「靖本」的原藏主為吳山尊；而抄錄於丙申年——乾隆四十一年。這一來，這個「靖本」的價值就高於程高本了。「夕葵」為養親之義，在乾隆四十一年，吳山尊尚未出仕，何來告老養親，更何來「夕葵書屋」這個書齋名字？詳見拙作〈橫看成嶺側成峰〉。

至於周汝昌前後態度的不同，先大加稱讚，後又懷疑，如靖寬榮所說：

前面已經說過，周汝昌先生一九六五年把這些批語的主要內容和「夕葵書屋」殘紙照片在香港《大公報》發表，一九七三年又在《文物》第二期一文中的「版本」一項專門介紹了我家收藏的抄本，都肯定了它的價值，後者還專門論證了「杏齋」應是「松齋」之訛，並且說，日本伊藤漱平先生和我國的楊霽雲同志的看法和他「不謀而合」。可是，他在一九七六年新版《紅樓夢新證》第一〇六三頁卻說：「在我能夠目驗原件之前，暫應持以慎重態度」。為什麼此前說得那樣肯定，這時卻又要「持以慎重態度」了呢？不難看出：周先生當初只顧搶先發表資料，就把可疑之處暫且不提，後來一想，如承認了靖本批語，自己過去的一些論點便站不住腳。於是，便利用靖本不在這一點故作疑詞，以示「慎重」了。

原來俞平伯先生在大陸上是公認的紅學權威，周汝昌想取而代之，就必須與俞說對立；而毛國瑤偽造的批語，有不利於周而支持俞說的傾向，因此以未能「目驗原件」而表示懷疑。靖寬榮又說：

此外，《紅樓夢新證》中還有更加令人驚訝的地方。試舉兩點為例：

一、《新證》第一一二二頁有一段話：

此外，毛國瑤先生因靖本批語事又曾惠函見示一項他前所未言的情況，原文云：「我昔年抄寄給您的一五〇條批語是據靖寬榮從我的底本所錄的副本轉抄的，而底本又為俞平伯先生用朱筆塗抹，靖在抄寫時不免有誤。……」這一情況關係很重要，今將函引錄於此，請讀者注意。（原函日期：一九七五年五月八日）

二、《新證》第一〇六三頁說：

毛國瑤先生最初見此示批資料時，也就是以指正拙說（同意俞平伯有關論點）的形式而投書賜教的。

從第一點，可以看出周先生是想利用這封信使讀者相信靖本的批語是俞平伯先生塗改的，所以說「關係很重要」。對這一問題，有必要把事實說明一下，否則讀者會因此產生誤會。自靖本批語傳出後，不斷有人在文中引用，但批語全貌外界還不瞭解。因此，當南京師範學院唐圭璋教授建議將全部批語發表時，毛國瑤同志就接受了這一意見，把全部批語第一次發表在南師一九七四年第八、九期合刊的《文教資料簡報》上。這次發表的文字沒有訛誤，但部分批語的類別及顏色則有注錯的。第二次又發表在南京師範學院一九七六年五月編印的《紅樓夢版本論叢》上，改正了初次發表時的差錯。毛國瑤同志一九七五年五月八日寫給周汝昌、吳世昌、吳恩裕三位先生的信，是指出一九六四年抄寄給他們三位的批語是據我從他的底本的過錄本轉抄的（當時他的底本不在手邊），因俞先生在他的底本上用朱筆校過，毛同志怕我過錄時有差錯，通知他們應以正式發表的為準。不料周汝昌先生卻把這封信引入書中，並大做文章，似乎毛君傳出的批語都不可靠似的。這裡要再次澄清一下：有差錯的僅僅是一九六四年的傳抄件，一九七四年《簡報》本只有個別地方不準確，一九七六年《版本論叢》本則是正確無誤的。其次，當時通信討論某些批語，各人談各人的看法，本是正常的學術討論。但周先生特意注明毛國瑤同志「同意俞平伯有關論點」，這個注語大有弦外之音。大家知道俞平伯先生受過批判，在那時，他的名字和資產階級唯心論、胡適派新紅學聯繫在一起，作為學術討論，而且還是通信研究，周先生這種加注的做法似乎是沒有必要的。

毛國瑤、靖寬榮與周汝昌是否先合夥作偽，而後來毛、靖未能符合周汝昌的意向而窩裡反，實在值得懷疑。毛、靖作偽的目的在利——大陸有許多有關《紅樓夢》及曹雪芹的假骨董，在外國可善價而沽；周汝昌則為了名，想打倒俞平伯先生。而事實上他恐怕連馮其庸都打不倒。

我寫《紅樓夢斷》

《紅樓夢斷》寫曹雪芹的故事。我相信讀者看到我這句話，首先會提出一個疑問：曹雪芹是不是賈寶玉？

要解答這個疑問，我得先談一個人：《紅樓夢新證》的作者周汝昌。

此人是胡適之先生的學生。胡先生曾當面跟我說過，周汝昌是他「最後收的一個徒弟」。照江湖上的說法，這就是「關山門」的得意弟子。其時大陸正在清算「胡適思想」；周汝昌一馬當先，力攻師門；而胡先生則不但原諒周汝昌，還為他說了很多好話。這使我想起周作人的學生沈啟无，做了件對不起老師的事；周作人立即公開聲明「破門」，逐沈出「苦雨齋」。周作人之為周作人，胡適之則為胡適之，不同的地方，大概就在這裡。

周汝昌的《紅樓夢新證》，下的功夫可觀，不幸的是他看死了「《紅樓夢》

為曹雪芹自傳說」，認為《紅樓夢》中無一人無來歷，無一事無根據，以曹家的遭遇與《紅樓夢》的描寫，兩相對照，自以為嚴絲合縫，完全吻合。我從來沒有看過這樣穿鑿附會的文章。

當然，他所舉的曹家的「真人實事」，有些是子虛烏有的。譬如說，曹家曾一度「中興」，是因為出了一位皇妃（非王妃）；即為「想當然耳」。且看趙岡的議論：

> 中興說由周汝昌首創。他的理由如下：消極方面，他主張曹雪芹先生逝世時享年四十，算來應生於雍正二年（一七二四）。依此算法，曹頫抄家時雪芹只有四歲，當然記不住曹家在南京的繁華生活。這樣，就只好假定曹家回京後又一度中興。曹雪芹在《紅樓夢》中所描寫的是中興後的生活。曹家中興後若干年，又第二度被抄家，從此一敗塗地。周汝昌的積極理由是：他相信《紅樓夢》是百分之百的寫實。曹家在南京時代既沒有一個女兒被選為皇妃，那麼這位曹貴妃一定是抄家以後才入選的。女兒當了貴妃，國丈曹頫豈有不中興之理？周汝昌比較書中所記年月，季節之處與乾隆初年的實事，發

現兩者吻合的程度是驚人的。所以書中所述一定是乾隆初年之事，而此時曹家定已東山再起。細審各種有關條件，周汝昌的中興說實在不能成立。

我完全同意趙岡的說法。不過，趙岡是「細審」了「各種有關條件」；而我是從一項清史學家所公認的事實上去作根本的否定。如周汝昌所云，曹家有此一位皇妃，自然是乾隆的妃子；推恩妃家，故而曹氏得以中興。這在乾隆朝是絕不會有的事。清懲明失，對勤政、皇子教育、防範外戚、裁抑太監四事，格外看重；後兩事則在乾隆朝執行得更為徹底。傅恆以孝賢純皇后的胞弟，見了「姊夫」，每每汗流浹背；皇貴妃高佳氏有寵，而不能免其一兄一姪，高恆、高樸父子因貪污而先後被誅；甚至太后母家有人常進出蒼震門，亦為帝所不滿，嚴諭禁止。至於傅恆父子、高斌父子之得居高位，自有其家世的淵源與本身的條件，非由裙帶而致。是故乾隆朝即令有一「曹貴妃」，亦不足以證明曹家之必蒙推恩而「中興」。

其實，在乾隆初年如果曹家可藉裙帶的汲引而「中興」，也並不需要「皇妃」；有「王妃」已盡夠了。雪芹的姑母為平郡王訥爾蘇的嫡福晉；生子福彭於雍正五年襲爵，亦即《紅樓夢》中北靜王的影子。福彭大乾隆三歲，自幼交好；曾為乾隆的《樂善堂集》作序。雍正十三年九月，乾隆即位，未幾即以福彭協辦總理事務，得參大政；明年三月又兼管正白旗滿洲都統事務，正就是曹家所隸的旗分。如此顯烜的親戚，若能照應曹家，又何必非出「皇妃」始獲助力。而考查實際，則福彭對舅家即或有所照拂，亦屬微乎其微；相反地，曹雪芹到處碰壁的窘況，稽諸文獻，倒是信而有徵的；最明顯的，莫如敦誠贈曹雪芹的詩：「勸君莫彈食客鋏，勸君莫叩富兒門，殘杯冷炙有德色，不如著書黃葉村！」

小說的構成，有其特定的條件，《紅樓夢》絕不例外。《紅樓夢》中可容納一部分曹家的真人實事；而更多的部分是汲取了有關的素材，經過分解選擇，重新組合而成。此即是藝術手法；而為從未有過小說或劇本創作經驗的《紅樓夢》研究者所難理解。

如果肯接受此一觀點去研究《紅樓夢》，就會覺得周汝昌挖空心思要證明賈寶玉即是曹家的某一個真實人物，是如何地可笑！不存成見，臨空鑒衡，則賈寶玉應該是曹顒的影子，但亦有曹雪芹自己的成分在內，而其從內到外顯示者，則為八旗世族紈袴子弟的兩個典型之一；另一個是薛蟠。其區分在家譜上曾染書香與否？

對一個文藝工作者來說，曹雪芹如何創造賈寶玉這個典型，比曹雪芹是不是賈寶玉這個問題，更來得有興趣。「字字看來皆是血，十年辛苦不尋常」，此中艱難曲折的過程，莫非不值得寫一篇小說？這是我想寫《紅樓夢斷》的動機。

《紅樓夢斷》自然脫不開《紅樓夢》。就紅樓談紅樓，曹雪芹所要寫的《紅樓夢》的後半部，絕不是現在這個樣子。我曾寫過一篇研究《紅樓夢》的稿子，以第五回「金陵十二釵正冊、副冊、又副冊」的圖與詩，即是全書結局的預告。而《紅樓夢敘錄》諸家筆記述所見「原本」的情節，以及「脂批」中有意無意對後文的透露，就小說的要求來說，其構想遠比現行本來得高明；曹雪芹如何安排及描寫這些情節，已是天壤之間不可解的一個謎。但如果能依照曹雪芹的提示，並假定那些極人世坎坷的情節，即為曹雪芹親身的遭遇而加以深入地描畫，應該可以成為一部很動人的小說。尤其是「史湘雲」；筆記中有如下的記載：

> 或曰：三十一回篇目曰：「因麒麟伏白首」是寶玉偕老的，史湘雲也。殆寶釵不永年，湘雲其再醮者乎？（佚名氏《談紅樓夢隨筆》）

世所傳《紅樓夢》，小說家第一品也。余昔聞滌甫師言，本尚有四十回，至寶玉作看街兵，史湘雲再醮與寶玉，方完卷。（趙之謙《章安雜記》）

《紅樓夢》八十回以後，皆經後人竄易，世多知之。某筆記言，有人曾見舊時真本，後數十回文字皆與今本絕異。榮、寧籍沒以後，各極蕭條。寶釵亦早卒，寶玉無以為家，至淪為擊柝之役。史湘雲則為乞丐，後乃與寶玉成婚。（臞蝯《紅樓佚話》）

先慈嘗語予云：幼時見是書原本，林薛夭亡，榮寧衰替，寶玉糟糠之配，實維湘雲云。（董康《書舶庸譚》）

此外清人筆記中提到史湘雲嫁賈寶玉者尚多。而考諸史實，「史湘雲」為李煦之孫女或姪孫女，確鑿無疑，她的口音跟曹家不一樣，從小長在揚州，讀「二」略如張口音的「啊」；因為是大舌頭，結果出聲如「愛」，叫寶玉「二哥哥」便成了「愛哥哥」。按北方只叫「二哥」；「哥哥」連稱，亦為揚屬的稱謂。

既然如此，則「史湘雲」的身世，在其諸姨姑表姐妹中，實為最慘；因李煦籍沒以後，又因案充軍，歿於關外。「史湘雲」如遇人不淑而流落在京，則母家無人，與雪芹重逢於淪落之後，議及婚娶是非常自然的事。果真如此，則「史湘雲」必為雪芹寫《紅樓夢》的助手，其唯「脂硯」乎？而「史湘雲」之先亡，以及幼子之夭折，對雪芹皆為精神上極沉重之打擊。我的《紅樓夢斷》，主要的情節就是想這樣安排。我絕不敢說真是如此，但可說：極可能如此。

假如這樣寫失敗了，絕非曹雪芹的故事——至死不休，至死不倦地從事藝術創作，並不斷地追求更完美的境界的奮鬥過程，不能寫成一部好小說；只是我的筆力不夠而已。

年初有幾篇與趙岡商略紅樓的文字，過蒙推獎；臺靜農先生亦許我談紅樓自成一家之言；聯經出版公司因而極力慫恿我將此方面的文字，結集出版，並請臺公題名《紅樓一家言》，凡此都是促成我決心寫《紅樓夢斷》的有力因素。

對於曹雪芹的身世、時代背景，以及他及他家族可能的遭遇之瞭解，自信不致謬妄。但《紅樓夢斷》絕非《紅樓夢》的仿作，我必得提醒親愛的讀者，如果以讀《紅樓夢》的心情與眼光來看《紅樓夢斷》，將會不可避免地感到失望。

原載《大成雜誌》四十九期

橫看成嶺側成峰
——寫在《曹雪芹別傳》之前

文網之密，無逾清朝，但康熙年間與雍乾兩朝的文字獄，在忌諱上有極大的不同。康熙年間，對鼓吹反清復明的詩文，懸為厲禁；雍乾兩朝則因世宗與高宗，皆有足以損毀其作為天子的形象的缺陷，因而假借防止謀反大逆的大題目，箝制士林，同時運用各種手段，湮滅不利於他們父子的證據。

這個工作，到了乾隆三十八年詔修《四庫全書》，推至頂點；高宗以為他的身世之謎，永遠不會有人知道了；但防民之口，甚於防川，由於三百年來口頭相傳，後世乃知清初有四大疑案；如今考定不疑者有雍正奪嫡，而在我自以為亦已考定不疑者，有董小宛入宮封妃晉后及世祖準備出家一案。此外，孝莊太后下嫁及高宗為海寧陳家之後兩案，與事實雖有出入，但絕非全無影響之事。「夜半橋頭呼孺子，人間猶有未燒書」，有形之書可燒，無形之文不滅，隱跡於字裡行間，得與古人會心，自能通曉。

去年為了參加世界紅學會議，我重新下一番工夫；由發現「右翼宗學」最初在石虎胡同這一點上突破，一路抽絲剝繭，到悟出元春為影射平郡王福彭，終於豁然貫通，看到了曹雪芹的真面目和《紅樓夢》的另一個世界；雖然有些模糊，但輪廓是絕不會錯的。

曹雪芹的真面目如何？《紅樓夢》的另一個世界又如何？在未作解答以前，我要特別介紹《國初鈔本原本紅樓夢》即所謂「有正本」中，戚蓼生的一篇〈石頭記序〉：

吾聞絳樹兩歌，一聲在喉，一聲在鼻；黃華二牘，左腕能楷，右腕能草。神乎技矣，吾未之見也。今則兩歌而不分喉鼻，二牘而無區乎左右；一聲也而兩歌，一手也而二牘；此萬萬所不能有之事，不可得之奇，而竟得之《石頭記》一書，嘻！異矣。夫敷華掞藻，立意遣詞，無一落前人窠臼，此固有目共賞，姑不具論。第觀其蘊於心而抒於手也，注彼而寫此，目送而手揮，似譎而正，似則而淫，如春秋之有微詞，史家之多曲筆。

「絳樹」美人名，能歌善舞；「兩歌」、「二牘」典出《瑯嬛記》：「絳樹一聲能歌兩曲，二人細聽，各聞一曲，一字不亂；人疑其一聲在鼻，竟不測其何術？當時有黃華者，雙手能寫二牘、或楷或草，揮毫不輟，各自有意。」如此「神技」，任何人都「未之見也」；而曹雪芹則較絳樹、黃華猶且過之，竟能一聲兩歌，一手二牘。此又何說？戚蓼生的解釋是：

> 試一一讀而繹之：寫閨房則極其雍肅也，而豔冶已滿紙矣；狀閥閱則極其豐整也，而式微已盈睫矣；寫寶玉之淫而癡也，而多情善悟不減歷下琅玡；寫黛玉之妒而尖也，而篤愛深憐不啻桑娥石女。他如摹繪玉釵金屋，刻劃薌澤羅襦，靡靡焉幾令讀者心蕩神怡矣，而欲求其一字一句之粗鄙猥褻不可得也。蓋聲止一聲，手止一手，而淫佚貞靜，悲戚歡愉，不啻雙管之齊下也，噫！異矣。其殆稗官野史中之盲左、腐遷乎？

這段文章的本身就是曲筆，「淫佚貞靜，悲戚歡愉，不啻雙管之齊下」，乃是文學上的本事，與史學上的修養無關；然則何以不擬之為司馬相如、揚雄，而比作左丘明、司馬遷？當然，「盲左」、「腐遷」亦可稱為文學家，但歸類則必入史學。我們再看前文「如春秋之有微詞，史家之多曲筆」，更可知所謂「一聲兩歌、一手二牘」，為兼寫不同時期的「金陵」與「長安」；亦可說明寫「金陵」，暗寫「長安」；更可說虛寫「金陵」，實為「長安」。因為寫「長安」犯了極大的忌諱，所以必得加上一道障眼法；照現在的說法是加上一層保護色。

障眼法也好，保護色也好，只諱淺者，不諱知己。曹雪芹的知己敦敏、敦誠兄弟，甚至為他「刷色」；如「揚州舊夢久已絕」、「秦淮舊夢人猶在」、「秦淮風月憶繁華」之類的詩句，幫助曹雪芹使讀者產生錯覺，以為《紅樓夢》寫的是「金陵」。試想，以敦敏、敦誠與曹雪芹的交誼，除了一句「不如著書黃葉村」，以及輓詩中的一句「開篋猶存冰雪文」以外，從未提到曹雪芹一生事業所寄的《紅樓夢》，其故安在，豈不可思！

如上所談，顯然的，戚蓼生也知道《紅樓夢》兼寫「金陵」與「長安」；因徵絳樹、黃華之典作譬喻。但他也知道忌諱猶在，為了保護自己，不能不用曲筆。在以前，我亦只聞一歌，只見一牘；如今才懂得「橫看成嶺側成峰」。所謂「紅學」，自嘉慶年間至今，已有一百六、七十年的歷史，而《紅樓夢》自內容至版本，到處都是問題，聚訟紛紜，各執一見，而終無定論，皆由只聞一歌、只見一牘而起。如今，我可以毫不愧怍地說一句：大部分的疑問，都可以獲得初步的解答了。這自然是因為我已得聞另一歌、得見另一牘的緣故。而如許紅學專家，何以我獨耳聰目明？如讀者以此責我大言不慚，我只能說：我很幸運，本意是開煤礦，不道發現了石油。我是從研究孟心史先生的〈清世宗入承大統考實〉及〈海寧陳家〉這兩篇清史論文中，窺破了曹雪芹與《紅樓夢》的秘密。

然則此另一歌、另一牘到底是什麼？我寫《曹雪芹別傳》，正就是要解答這個問題。不過，我必須先指出：曹雪芹與《紅樓夢》之間，不能只畫一個等號。我是寫《曹雪芹別傳》這麼一部歷史小說，並非作《紅樓夢》內容研究的學術論文。當然寫曹雪芹就必須寫《紅樓夢》，但我的重點是擺在曹雪芹寫《紅樓夢》的前因後果上，對探索《紅樓夢》中那些人是曹雪芹的家族、親戚、朋友，只能本乎「知之為知之，不知為不知」的原則，量力而為——事實上賈寶玉、林黛玉、薛寶釵，都屬於文學上的創造而非某一真實人物的傳真。唯其如此，《紅樓夢》才真正顯得偉大。

我所要描寫的曹雪芹的真面目，也就是《曹雪芹別傳》的內容是如此：

雍正六年元宵前後，曹頫革職抄家，舉家回旗。由於平郡王福彭及怡親王胤祥的照應，不再有什麼罪過；而且「百足之蟲，死而不僵」，劫餘的遺財，也還能維持一個相當水準的生活。曹雪芹是包衣子弟，被選拔到新設的「咸安宮官學」去念書。這樣到了雍正十一年，曹家又轉運了。

這年二月，平郡王福彭被派為「玉牒館總裁」，表面是主持十年一次的修訂皇室家譜的工作；暗中卻負有一項秘密任務，刪除宗人府的「黃冊」中，一切不利於雍正及皇四子弘曆的記載。福彭圓滿地達成了任務。他一直為雍正所培養，至此通過了考驗，雍正認為他才堪大用，四月間入軍機；三個月後，繼順承郡王錫保而為「定邊大將軍」；奉有敕命，軍前文官四品以下、武官三品以下犯法者，得便宜行事，先斬後奏。

由於福彭被賦予這麼大的權威，因而曹頫雖未起復，但以定邊大將軍至親的資格，自有人來趨炎附勢，託人情、走門路，門前車馬紛紛，重見興旺的氣象。

及至乾隆即位，福彭內召，復入軍機，成為乾隆的心腹，權力僅次於莊親王胤祿；這因為他們從小親密、關係特殊之故。當然，曹頫是起復了，而且還升了官，由員外升為郎中，奉派了好些闊差使。境遇優裕的曹雪芹，復成紈袴，但以性之所近，漸漸成了個少年名士。

到了乾隆四年，福彭由於未能消弭一場潛在的政治危機，漸失寵信。乾隆十三年春天，孝賢純皇后在德州投水自殺，流言四起，大傷帝德；於是乾隆殺大臣立威，漸有牽連及於福彭之勢。積勞加上憂煩，福彭在這年冬天，中風不治而薨。

曹家的靠山倒了，誰知禍不單行，第二年正月初五，和親王府失火；禍首曹頫，於是第二次被革職抄家——這一次很慘，因為落井下石的人很多，抄家抄得相當徹底，不但猝不及防，無法稍留退步，而且還有好些債務要料理。

乾隆十五年庚午鄉試，曹雪芹捐了個監生下場；如果中舉，下一年春天會試聯捷，成了新科進士，則積逋可緩，新債得舉，境遇又可改觀。無奈曹雪芹最討厭的就是八股文；結果僅中了一名副榜，等於未中。

但副榜亦有用處，可以成為「五貢」中的「副貢」；憑此資格，曹雪芹成了「正黃旗義學滿漢教習」。這個義學設在西城石虎胡同，與「右翼宗學」為鄰；

曹雪芹因而得與在右翼宗學念書的敦敏、敦誠兄弟締交。《紅樓夢》的寫作，即始於此時。君恩難恃、富貴無常；興衰之速、境遇之奇、人情之薄、悔恨之深，以及他目擊耳聞的許多政治上的秘密、豪門貴族的內幕，在在構成為文學上強烈而持久的創造慾，所以不過三、四年的功夫，已經「抄閱再評」了。

當《紅樓夢》初稿完成後，曹雪芹送請親友詳閱，立刻引起了相當嚴重的反應；由於他是以象徵的手法，描寫康熙末年的政治糾紛，並穿插了好些王公府第中的遺聞逸事，因而招來了許多抗議、警告、規勸以及修改的意見。最強的壓力來自平郡王府，因為第八十三回「省宮闈賈元妃染恙」，解釋何謂「虎兔相逢大夢歸」，配合第五回「金陵十二釵正冊」寫元春的詩與畫來看，一望而知是指平郡王福彭，所以絕不容《紅樓夢》問世。

於是曹雪芹作了很大的一個讓步，將後四十回割愛。這一來夢無著落，便只好改名，先改石頭記，再改情僧錄，又改風月寶鑑；越改越俗，最後覺得還是石頭記，既為主題所寄，又復語帶雙關——金陵一稱「石頭城」——比較貼切，因而至乾隆十九年甲戌，正式定名為「石頭記」。

儘管如此，仍舊不能獲得平郡王府的同意，此後一改再改，務期「真事隱去」，遷就豪門，但始終不能盡如人意，亦就始終不能付梓。到得乾隆二十四年己卯，又來了一股新而強的壓力，怡親王弘曉亦不能同意《紅樓夢》刊行；因為其中的「礙語」，必將牽涉到他的父親怡賢親王胤祥，以及他的胞兄寧郡王弘晈。

為了希望曹雪芹放棄《紅樓夢》，怡、平兩府極盡其威脅利誘之能事，利誘是可以保薦曹雪芹為「如意館供奉」，充任御用的畫師；威脅是利用曹雪芹包衣的身分，予以羞辱——傳他到宮裡當差，像唐朝的閻立本那樣，跪著畫畫。但曹雪芹不為所屈，竟至於「斷六親」；內務府不理他、親戚朋友不敢惹他。同情他、佩服他的人自然很多；但敢於在口頭上、文字上提到他的，卻只有極少數的幾個人，如敦敏、敦誠及他們的叔叔額爾赫宜、「覺羅詩人」永忠等。這也有個緣故，敦敏、敦誠為英親王阿濟格之後，阿濟格功高而被誅；永忠則為恂郡王胤禎的孫子，先世都曾受過極大的委屈，視《紅樓夢》為替他們一吐怨氣，對曹雪芹自然另眼相看。

由於《紅樓夢》，曹雪芹生不能一飽，死無以為殮；他為什麼付出這樣大的代價？是因為他忠於藝術；他筆下的賈寶玉、林黛玉、薛寶釵、賈太君、王熙鳳，先只是影射某一個人，但一改再改，隱去真事，筆觸由史學的轉向文學的，被影射的人，逐漸有了他們自己的個性與型格，成了他筆下的嫡親骨血，而且個個出類拔萃，如見其人，試問曹雪芹如何割捨得下？

最後讓我在「紅學」這個範疇中說幾句話：除了跟龔鵬程先生所談各種問題外，我要補充的是：

第一，由於「虎兔相逢大夢歸」這個謎的解說，後四十回確為曹雪芹原稿，而非高鶚所續，敢說鐵案如山。《紅樓夢》之所以有種種糾纏不清，任何一種說法都有矛盾不通之處；割裂了《紅樓夢》，只以前八十回為研究對象，是主要原因之一。

第二，「紅學」有治絲愈棼之勢，是由於有成見的人太多；而且還有偽造的版本，如所謂「於一九五九年由南京毛國瑤發現」的「靖藏本」就是。這個本子「未經紅學家目驗，即告『迷失』」（見聯經版陳慶浩編著《新編石頭記脂硯齋評語輯校》）。事實上根本沒有這個抄本，只有毛國瑤偽造的脂評。

據說，靖藏本可能於乾隆四十一年（丙申）抄錄，封面原黏有一紙，首行書「夕葵書屋石頭記卷之一」字樣；周汝昌考出「夕葵書屋」是乾嘉年間四六名家吳山尊的書齋名；可惜他未曾一考「夕葵」的出典；否則，他就會發覺這件事是如何荒唐。

先敘吳山尊的簡歷：乾隆二十年生；嘉慶四年進士，時年四十五歲；九年放廣西主考，時年五十歲；後以母老告歸，僑寓揚州；卒於道光元年，得年六十七歲。

由此可知，吳山尊起「夕葵書屋」這個齋名，必在母老告歸的五十歲以後，因為「夕葵」即有養親之意，典出杜詩：「孟氏好兄弟，養親唯小園，負米夕葵外，讀書秋樹根。」乾隆丙申，吳山尊年方二十二歲，尚未出仕，何來告歸養親？又何來「夕葵書屋」？只此便是作偽的確證。而且很可能就是周汝昌的指使。龔鵬程於此事別有考證，我不必多說了。

第三，《紅樓夢》的內容，歷來分為索隱、自傳兩派，壁壘分明。其實既為索隱，亦為自傳。而索隱派中，我特別要推崇邱世亮先生，他在〈紅樓夢解〉一文中說：「《紅樓夢》影射康熙皇帝第四子雍親王胤禛，以陰謀手段奪得帝位的秘史。寶釵影射雍正皇帝、鳳姐影射隆科多、黛玉影射與雍正爭位的皇子（按：指胤禛的同母弟、皇十四子胤禎）、寶玉指康熙，而通靈玉即為傳國璽。」此說大致不謬，但寶玉非指康熙，賈太君中有康熙的影子；寶玉影射廢太子胤礽。此所以永忠〈弔雪芹〉的三絕：「可恨同時不相識，幾回掩卷哭曹侯」，是為他祖父伸冤而感激涕零。第三首尤為明白：「都來眼底腹心頭」，是感懷往事；「辛苦才人用意搜」，搜羅當年的秘辛；「混沌一時七竅鑿」，將皇位何以用正黃旗纛，代天子親征的「大將軍、王」胤禎，轉到雍親王胤禛手中之謎，一下都解開了；「爭（怎）教天不賦窮愁」，是著此絕不能梓板刊行之書，為無可救藥的「窮愁」。詩上諴恪親王胤祕之子弘旿的眉批：「此三章詩極妙。第《紅樓夢》非傳世小說，余聞之久矣，而終不欲一見，恐其中有礙語也。」是何「礙語」，竟令天潢貴冑，亦不敢一聞；亦就可以想見了。

原載七十年八月二十九日《聯合報》

附錄
遙指紅樓——夜訪高陽於《曹雪芹別傳》發表前

龔鵬程

人生有許多享受，聽高陽先生快談《紅樓夢》，自屬其中之一。他掀唇拊掌，雄辯滔滔；他寢饋文史，浸淫至深，他更有千萬字以上小說創作的經驗，甘苦遍嘗，對小說創作之體會，當世論紅樓，恐無出其右者。

但是，即令如此，他還是承認他早期許多對《紅樓夢》的見解不太成熟，「為學譬如積薪，後來居上。那些文章都收在聯經出版的《紅樓一家言》裡，現在看來當然會有些錯處，但我從不諱言，學術是天下公器，我不僅希望得到旁人的批評和指正，我自己更是不斷尋求突破，不惜以今日之我批判昨日之我。」他非常誠懇地說。

突破，不只是高陽一人的事，自民國六十三年余英時發表〈近代紅學的發展與紅學革命——一個學術史的分析〉（《香港中文大學學報》第二期）一文，即已意味著《紅樓夢》研究已從內部激生了迫切尋求突破的努力。希冀在自傳、他傳、虛構等各派說法中，尋找出一個新的「典範」（Paradigm）。如今，高陽先生聲稱他已找到一條線索，由這條線索，更可以建立「新紅學」。——既謂之為新，則必不同於過去的研究方向，而這一方向，能否帶來新而合理的發現，正是我們所關心的。

這條線索，主要是鑲紅旗旗主平郡王福彭和曹雪芹及《紅樓夢》創作的關係。

康熙曾作主把曹寅的長女許配平郡王納爾蘇，雍正四年七月納爾蘇因案削爵，由長子福彭承襲，他就是曹雪芹的親表兄。雍正六年曹家抄家歸旗，返回北京。不久福彭得雍正重用，任大將軍、入軍機，又與乾隆交往甚密；乾隆即位後，其權力之大，一時僅次於莊親王允祿。

所以曹家也因福彭的關係，有過一段美好的「春天」，曹頫並復起調陞為工部郎中。然而，好景不常、君恩難恃，福彭在乾隆十三年十一月驚悸中風而死，十四年正月曹頫即因和親王府失火而遭嚴譴，再度抄家。

陷於窘境的曹府，為了打開家族的困局，乃由曹雪芹捐監生下場，希望博一科名，重振家聲。不料事與願違，鄉試僅中副榜，不能聯翩春闈，只好以副貢資格考入八旗義學擔任滿漢教習。落拓淒涼中，對這段切身經歷有著極深的感愴，遂開始寫作《紅樓夢》。

紅樓一書，述三春之榮華、寫天恩之幻夢，當然會牽涉到福彭和兩朝的許多隱私；並因此而遭到平郡王府及一切有關人士的阻止。這些壓力包括嚴苛的威脅、利誘和折辱，但《紅樓夢》終於還是寫出來了。為了換取怡親王府、平郡王府的認可，他也曾一再修改稿本，隱去真事、變更書名，卻始終未能使平、怡二府滿意。十年辛苦，字字血淚，竟落得淚盡而死、無法印行流傳的命運，對一位作家來說，還有比這更慘的嗎？

「這就是我對《紅樓夢》創作的看法，」他長吁了一下，燃起一根菸，把煙噴到我臉上：「去年第一屆國際紅學會議時，我曾發表兩篇論文（〈曹雪芹以副貢任教正黃旗義學，因得與敦氏兄弟締交考〉、〈紅樓夢中元妃係影射平郡王福彭考〉），指出福彭在紅學中的地位。我認為《紅樓夢》以紅為出發，以夢為歸宿，正是環繞著鑲紅旗王子福彭而寫的，既託政事於閨閣，便只好用胭脂、落花等字樣來強調紅樓之紅。」

「元妃是福彭有什麼證據嗎？周汝昌曾說元妃是曹雪芹的姊姊；趙岡說是曹寅的長女和曹天佑的姊姊；趙同《紅樓猜夢》則說是康熙。至於福彭，周汝昌認為是《紅樓夢》裡的東平王；您從前則認為是北靜王永瑢。」

「是的，要了解這個問題，必須先知道元妃在《紅樓夢》裡的地位。有元春才有賈府之繁華與大觀園，元春死，大觀園亦歸幻滅，曹家哪位親戚具有這種分量呢？曹家根本沒有一位貴妃，雪芹或天佑是否有位姐姐更是可疑，若說元妃指曹佳氏，又和元妃早卒的說法不合，因此從前種種推測均不可靠。」

「那北靜王呢？北靜王出場於元妃歸省之前，保全賈府在元妃卒去以後，其地位在紅樓書中也極重要。周汝昌、趙岡都認為北靜王是乾隆第六子永瑢。但我覺得質郡王永瑢的身世及他和賈府的關係，跟第十四回所說：『當日彼此祖父有相與之情，同難同榮』不合。您認為呢？」

「是！永瑢當然不可能是北靜王，周汝昌把紅樓看死了，小說創作裡怎麼可能會一對一的硬配呢？多半是此搭彼截，一事一人或分成幾處來寫，許多事件人物也可能合併表達；北靜王和元妃大致一為寫平郡王的儀表，一為寫平郡王對曹家的影響力。」

「我記得庚辰本四十二回回前總批曾說：『釵、黛名雖二個，人卻一身，此幻筆也』，六二回寫寶釵和探春行射覆令時，也有兩覆一射的辦法，似乎可以解釋北靜王和元妃這種創作手法：譬如北靜王保全榮國府，就是暗指福彭在曹家抄革之際，護全外家的事實；而元妃省親則點出賈府因春來而群芳會聚。」

高陽啜口茶說：「不錯，第五回金陵十二釵正冊描寫元春那首詩和畫，指實了元妃就是福彭。尤其是『虎兔相逢大夢歸』那句，牽涉到元妃和福彭的八字，這是無法捏造或附會的證據。關於元妃的八字，用一個『土木之變』，來實寫福彭的八字，這種配合及設計，非但異常精密複雜，而且相信八字，更是雍乾間常見的事，雍正本人就有一道硃諭給年羹堯說：『你的真八字不可使眾知之，著實縝密好』。」

「關於您的看法，我也許可以稍加補充：一、甲戌本第一回說英蓮（香菱）『有命無運，累及爹娘』，有硃筆眉批云：『看他所寫開卷之第一個女子，便用此二字以訂終身，則知託言寓意之旨，誰謂獨寄興於一情字耶？』可見這有命無運四字，必與紅樓主旨有關。二、您解『三春』為曹家返京後十二年富貴生涯，十分精采。以往紅學家多以為三春是迎春、探春、惜春三姊妹，探春遠嫁、迎春被中山狼折磨而死即是『三春去後諸芳盡，各自須尋各自門』。殊不知黛玉病死、寶釵結婚、湘雲嫁衛若蘭均在探春遠嫁之前，惜春立志學佛，更談不上『去』。反而是金陵十二釵正冊及《紅樓夢》十二曲一再呼籲大家要勘破三春，三春去後，就是『飛鳥各投林，落了片白茫茫大地真乾淨。』三春之重要性如此，無怪乎脂本有夾批：『此句令批書人哭死了。』又有眉批云：『不必看完，見此二句即欲墮淚。梅溪！』梅溪或是曹雪芹之弟棠村，三春花事，動關身世，湛然可見。」

「正是如此，福彭在《紅樓夢》中居於唯一核心地位：紅樓一書依實事而言，指鑲紅旗王子；就著作而言，指落花胭脂；以身世之感而言，則指血淚。由福彭跟曹家和《紅樓夢》寫作的關係看來，紅樓書中除了少數借景及追敘往事，與南京織造衙門有關以外，絕大部分發生在京師，曹雪芹將他整個世界隱藏在『金陵舊夢』中，是為了讓熟知這段事蹟的人誤以為他寫的是曹寅、是金陵。因此我認為今後新紅學的研究，在時間上應集中於雍正六年至乾隆卅年；空間則須由南移北！」

高陽意興遄飛地為紅學研究繪製了一幅新藍圖，我對這幅藍圖仔細端詳了一陣，才肯定地說：「我想您是對的。甲戌本第一回『昌明隆盛之邦，夾批：『伏長安詩禮簪纓之族』下有『大都、伏榮國府』，分明說榮國府在長安，書中卻明寫金陵，暗指長安。李商隱有兩句詩說：「『紅樓隔雨相望冷，珠箔飄燈獨自歸』，設若賦詩斷章，則亦不妨說從前的研究者都是隔雨相望，珠箔之中並不見美人；直到『美人一笑搴珠箔，遙指紅樓是妾家』，才曉得另一紅樓方屬美人香閨。」

高陽大笑，聲震屋宇。他認為這一發現也可以證明周汝昌的曹家「中興」說，但周氏用以說明中興這一事實的理由卻不能成立，力攻高鶚，成見更深。從前他曾就文學的觀點，斷言「絕無人可續紅樓」，因為續書遠比創作困難，若高鶚能續紅樓，那他就比曹雪芹高明得多了；而且八十回與八十一回之間，並無明顯的痕塹；八十回以前文字和情節疏漏的也不少，不能單責後四十回文采不佳（見〈曹雪芹對紅樓夢最後的構想〉）。如今，他從福彭和元妃的關係上，更證明了一百廿回須當成一個整體來看待，第五回提出的「虎兔相逢大夢歸」，到八十六至九十五回始有解答，伏線千里，誰能續得出來呢？不寧惟是，透過後四十回，我們還可以解決曹家歸旗以後的生活、《紅樓夢》創作年代及流傳，以及若干脂批的真實意義等問題。譬如八十五回「賈存周報陞郎中任」，即指曹頫由內務府員外調陞為工部郎中。第一回詠英蓮詩所說「佳節須防元宵後，便是煙消火滅時」，甲戌本批：「不直云前而云後，是諱知者。又伏後文葫蘆廟失火事」：而葫蘆廟失火，更有眉批云：「寫出南直召禍之實病」。這便指出曹家召禍之間接因素是福彭死亡，直接因素則是工部督修和親王府不謹失火所致。這類經歷，書中故示隱晦，是知者諱知其事者。《紅樓夢》之所以一再修改，後四十回之所以無法傳世，都與這類事實有關。八十回本既不能交代這「虎兔相逢大夢歸」的夢幻天恩，書名便只好改成「石頭記」了。周春《閱紅樓夢隨筆》說，乾隆末年流傳兩種抄本，八十回者為石頭記，百廿回者為《紅樓夢》，就是最醒豁的證據。「此書本名《紅樓夢》，應是可以確定的，」我說：「改名石頭記，可能是因『石頭城』的關係，以用明寫金陵實指京華。」

高陽又大笑：「這點倒是未經人道過！書名的改動正代表著創作方向的轉變，夢不能出現，則改成石頭記，再改作情僧錄、風月寶鑑、金陵十二釵。這些改變固然表現了曹雪芹在外在壓力下永不屈撓的精神，卻也意味著他在修改過程，逐漸產生興趣，一步步脫離史學而趨向於文學，從自傳經歷走向藝術創造的世界。像寶釵、黛玉這兩個人物，就是藝術創造的精品，而非現實人世的投射或複製！」這位自謙為歷史刑警的怪傑停了一下，說：「至於曹雪芹為什麼不能點出夢來，為什麼要諱知音，又為什麼寫作紅樓會遭到許多折辱和壓阻呢？這其中實際上關係著一樁至今尚未被清史專家發現的政治風暴——」

原來康熙有子卅五人，早殤不敘齒者十一，不及封爵而卒者四。清朝家法，子以母貴，所以太子是皇二子允礽。他儀表學問俱有可觀。甚受康熙鍾愛。但康熙四十七年九月行圍塞外時，竟有弒父的企圖。康熙憤懣不已，六夕不能安寢，親自撰文告天地太廟社稷，廢太子，監禁在上駟院側的氈帳中，命皇長子允禔和皇四子允禛（雍正）共同看守。此時皇三子允祉舉發允禔囑使喇嘛以邪術鎮魘太子，事出有據，遂將允禔削爵，幽於私第。據《皇清通志綱要》所記，同時被圈禁的還有十三子允祥；故康熙四十八年大封成年皇子時允祥未封。可見這次厭勝事件，原是允禔和雍正合謀，事發後才由允祥頂罪的。所以雍正一即位，立即封允祥為怡親王，恩寵異數，除爵位可以世襲外，另封其子弘晈為寧郡王。而那位曾被雍正鎮魘的廢太子允礽，雍正對他更是內疚神明，因此雍正生前對皇位的繼承問題，一直十分煩惱；可能的安排是：先傳寶親王（乾隆），再傳允礽之子理親王弘晳，續傳和親王而莊親王允祿或即是這一計畫的監行者。此所以和親王與弘晳一直住在宮中，雍正崩後始行遷出。二人對乾隆也毫無敬謹之意，和親王尤無忌憚，曾在家中演習喪祭事供他欣賞。乾隆此時因腳步未穩，對他們只能一意安撫；但依王氏《東華錄》所收乾隆四年的上諭看，弘晳已有催促乾隆讓位之意，並由莊親王允祿和弘昌、弘晈等人共同擁立弘晳，是一次流產的宮廷政變。

乾隆本人出身寒微，係熱河行宮宮女所生，雍正曾派福彭玉牒館總裁，竄改乾隆出身，因此他跟乾隆的關係非比尋常。乾隆還是寶親王時，疏宗中唯一為其詩集作序者，只有福彭。對於王位繼承問題，乾隆若想改變既定的安排，策動莊親王及相機疏解的任務，便非福彭莫屬。然而，政變仍舊爆發了，福彭既大負所託，聖眷當然漸歸衰弛。這就是《三春爭及初春景》的由來。紅樓所寫，既以福彭為中心，自會牽涉到這其中許多隱曲，譬如寧郡王弘晈，上諭說他「乃毫無知識之人，不過飲食讌樂，以圖嬉戲而已」，正是寧國府賈珍的寫照。乾隆廿年以後，文網深密，他們不欲紅樓問世，也是情理之常。

這波譎雲詭、驚心動魄的一幕，高陽擘肌析理，娓娓敘來，聽之忘倦。我若有所會，問道：「大觀園除以省親別墅為中心之外，怡紅院總一園之首，此或即指平、怡二府而言。」

「呵呀！不錯，」他接過我手上一冊排印本，細看了一回：「曹頫抄家後即交怡親王照看，福彭得以大用，也是允祥保薦的。怡紅二字，由賈妃來改，正表示福彭不忘本。而怡紅總一園之水，更顯示了紅樓與平、怡二府關係密切。己卯原本《紅樓夢》就是怡親王府過錄的，且過錄得十分匆促，動員九個抄手，每人分數頁流水作業，原因就是怡親王急於想看書中到底寫了些什麼！……」

夜愈來愈深，由窗口望去，一個個樓影自莽莽玄夜中冷然立起。高陽仍在闡述他的發現，瀾翻泉湧，勝義紛呈，幾於目不暇給，耳不暇接。我靜坐傾聽，卻又不禁兀自凝思：他透過八旗制度、清宮規制、曹家背景及清初政治派系糾紛、小說創作之體會等線索，除了揭發雍正奪位，乾隆繼位之謎，是清史研究上一大發現之外，造成的紅學「突破」有三：一是勾勒出曹家和曹雪芹歸旗後在北平的生活狀況；二是指出《紅樓夢》包含有一個隱藏在金陵舊夢中的世界；三是證明福彭在書中的核心地位。由此突破，他具體地解決了書名及其流傳、後四十回真贗，如何由史學記纂轉化成文學創作等三大問題，而建立起「新紅學」的基礎。這些，在學術史上代表了什麼意義呢？

近代學術，自邏輯實證論過分強調形式和方法之後，學者已不自覺地將注意力集中到形式探討（formal approach）上去了。當某一門學科滯止不前時，學者們便歸咎於缺乏有效的方法或方法論可資應用、指引，卻忽略了實際問題的研究及突破。其實，一門學科能否進步拓展，端賴實際問題的解決，而實際問題之解決又常帶來「方法」的改革或創新，高陽便是個最好的例子。今後，如何在新紅學的基礎上補充填實，構築廣廈，就是我們大家的責任了。

曹雪芹以副貢任教正黃旗義學因得與敦氏兄弟締交考

曹雪芹非右翼宗學職員或助教

成疑問的曹雪芹與敦敏、敦誠的關係

乾隆二十二年丁丑秋，敦誠自喜峰口〈寄懷曹雪芹〉七古一首，中有句云：「當時虎門數晨夕，西窗剪燭風雨昏。」周汝昌以為「虎門」可「指侍衛值班守

衛的宮門」，所以「敦誠的詩分明是說當年與雪芹同為侍衛在一處的事」。

吳恩裕在他的〈四松堂集外詩輯跋〉一文中，考定「虎門」指「右翼宗學」，並據《宸垣識略》，以及現有「『宗學夾道』這一條胡同」，指出「右翼宗學」在北平「西城的絨線胡同」。此雖成定論已久；但留下一個絕大的問題，無法解決。他說：

雪芹和敦氏兄弟，在右翼宗學的相聚，不可能是同學，因為：雪芹不是宗室，不能入宗學。（下略）但他們也不是師生的關係。也就是說，雪芹並不是宗學裡面的正式教師。敦氏兄弟對於宗學裡面的授業教師，是十分尊敬的。……由敦氏兄弟和雪芹應酬的詩文看來，可以看出他們是平輩的口氣。這是很明顯的事實，無須細證。

其說合理，所以問題成立：

既非同學，也非師生，卻又同在右翼宗學，那麼他們到底是什麼關係呢？

對於這個問題，吳恩裕只能猜測：

> 有兩個可能，但都不能肯定：一個是雪芹在右翼宗學中擔任一個位置不太大的職務；另一個是雪芹是宗學的助教。

那麼，是不是有這「兩個可能」呢？我可以十分肯定地說：絕不可能。此因吳恩裕對複雜的八旗教育制度，並無研究，所以才會提出這兩個表面言之成理，其實絕無可能的假設。茲針對吳文，分兩點說明不可能的理由如下：

第一、曹雪芹不可能「在右翼宗學中擔任一個位置不太大的職務」者，因為定制左右翼宗學，每學特簡王公一人總其事；下設總管二人，副管八人，即為管理人員。教務方面，每學設清書教習、騎射教習各二人；漢書教習無定額，以每一教習帶十名學生為準，由禮部考取舉貢充補。此外並欽命滿漢京堂各二人，稽察課務。（見《大清會典事例》）

至於供總管、副管奔走辦事之人，無非領催、護軍、馬甲等八旗末弁，及類似聽差的蘇拉；並沒有什麼「位置不太大的職務」。退一步言，曹雪芹即令是內務府的微員，譬如說假定是九品筆帖式，亦無派至宗學服務的可能。因為內務府的政令，另成系統，《清會典》卷八十九「總管內務府大臣」，開宗明義就說：

掌上三旗包衣之政令與宮禁之治，凡府屬吏、戶、禮、兵、刑、工之事皆掌焉。

又「定內務府官之秩」下注：

府屬文職、武職官，皆不由部銓選。

相對地，內務府的筆帖式，亦不可能去占由吏、兵兩部銓選的缺分。宗學如有筆帖式，亦應由宗人府派出；不容內務府去奪他們的差使，而況並無此編制。

只有「八旗官學」始有助教

第二、曹雪芹亦不可能是「宗學的助教」。因為只有八旗官學才有助教；而八旗官學隸於國子監，《清會典》卷七十六：

學生之別二，曰八旗官學生；曰算學生。

「算學生」與本文無關，不論；「八旗官學生」下注云：

八旗滿洲蒙古漢軍及下五旗包衣，文職五品、武職三品以上者，皆挑取官學生，入八旗官學；其宗學、覺羅學、幼官學、咸安宮官學、景山官學，皆不隸於監。

宗學既非隸於國子監；則國子監的助教，又何能派至宗學？

按：國子監的助教，分漢、滿、蒙三種。貢監讀書的「六堂」無滿蒙助教；唯八旗官學有之，額定每旗滿助教二人、蒙古助教一人、漢助教四人。但職稱中雖有「教」字，實際上並不管授業，而是八旗官學的事務人員。如官學學舍坍塌，每間給建築費十五千文，皆交由助教自行修復。《大清會典事例》中，類此記載甚多。

那麼，宗學中是否自己設了助教之類的職位呢？《會典》具在，可以覆按；並無此項稱職。所以曹雪芹可能為宗學助教的假設，是無法成立的。

石虎胡同

右翼宗學非始設於絨線胡同

以上是破；以下是立。線索在《欽定八旗通志》的〈營建志〉內。《八旗通志》有兩部，一為乾隆初年所修，其內容截至雍正十三年八月二十三日，世宗崩殂為止；一為嘉慶初年所修，增入乾隆朝一切政令。為別於舊志，冠「欽定」二字。

《欽定八旗通志》卷一一五〈營建志四〉，於「右翼宗學」下記云：

右翼宗學於雍正三年初設在西單牌樓北口石虎胡同，共房八十八間；乾隆十九年移設於絨線胡同內板橋迤東，共房三十六間。

此右翼宗學，是北平的所謂「四大凶宅」之一。民國初年為眾議院議長湯化龍所居；後改為松坡圖書館及蒙藏學校。茲先一考其來歷，以明清雍正三年初設宗學時，何以設右翼宗學於此。

以「凶宅」改設右翼宗學

紀曉嵐《閱微草堂筆記》卷十「如是我聞四」：

裘文達公賜第，在宣武門內石虎衚衕；文達之前，為右翼宗學，宗學之前，為吳額駙府；吳額駙之前，為前明大學士周延儒第。越年既久，又窱窕閎深，故不免時有變怪，然不為人害也。廳事西，小屋兩楹，曰好春軒，為文達燕見賓客地；北壁一門，又橫通小屋兩楹，僮僕夜宿其中，睡後多為魅舁出，不知是鬼是狐，故無敢下榻其中。琴師錢生，獨不畏，亦竟無他異；錢面有癩風，狀極老醜，蔣春農戲曰：「是尊容更勝於鬼，鬼怖而逃耳！」

一日，鍵戶外出，歸而几上得一兩纓帽，製作絕佳，新如未試，互相傳視，莫不駭笑，由此知是狐非鬼，然無敢取者。錢生曰：「老病龍鍾，多逢厭賤，自司空以外（文達公時為工部尚書），憐念者曾不數人，我冠誠敝，此狐哀我貧也。」欣然取著，狐亦不復攝去。

「裘文達」指裘曰修，字叔度，江西新建人，兩榜出身；乾隆三十二年七月補禮尚，旋調工部。賜第當在此時。

上引之文，說得非常明白。屋主第一個是周延儒，明崇禎朝兩度入閣；十四年以復社的支持復起，而明朝已成必亡之勢，周延儒內外交困，一籌莫展，唯營私利。十六年清軍破邊牆長驅南下，大掠山東，京畿震動；周延儒不得已自請督師，駐通州。清軍不戰而退，周延儒鋪張戰功，假報勝仗，為中官所揭發，被黜；言官又群起而攻，贓私敗露，賜死籍沒。所以此屋入清為官屋。

第二個屋主「吳額駙」，即是三桂之子應熊；尚清太宗幼女十四公主；順治十六年號為建寧長公主。公主為康熙的姑母，生於崇德元年；順治十年出降。康熙十三年「三藩之亂」，吳應熊只被監視，大學士王熙力勸康熙殺吳應熊，「以寒老賊之膽」；因連公主之子吳世霖並斬。

建寧長公主歿於康熙四十三年；額駙隸於宗人府，所以此屋自然歸宗人府收回；雍正初年撥充右翼宗學之用，是順理成章之事。

曹雪芹如何得與敦氏兄弟締交

論證至此，我所遭遇的問題，與吳恩裕相同，即曹雪芹既非右翼宗學的成員，何得與敦敏、敦誠在石虎胡同，共「數晨夕」。要解答這個謎，首先要研究的是，石虎胡同還有什麼地方可以容納曹雪芹，乃能邂逅得識敦氏兄弟，以氣味相投，因而朝夕過從。

這只有三個可能：1. 家住石虎胡同；2. 在石虎胡同某家坐館；3. 供職於石虎胡同某公家機關。1、2兩點，毫無線索；然則只有縮小範圍，從3去探討；而又須分兩方面進行：

第一、在乾隆九年敦誠入右翼宗學，至十九年右翼宗學由石虎胡同遷至絨線胡同的這十年中，以曹雪芹的條件有一個什麼樣的公職，是他所能擔任的？

第二、在上述的十年中，石虎胡同有怎麼樣的一個公家機關，適合曹雪芹去服務？

為了論證方便，我由第二點談起。

石虎胡同的旗學

鑲紅鑲藍旗世職幼官學

《燕都叢考》「第三・內二區各街市」：

由李閣老胡同之西頭，以達於西長安街之南北胡同，曰三府胡同，曰大柵欄；自是而西曰興隆街，曰大秤勾，曰小秤勾，《八旗通志》作正溝；曰二條胡同，曰頭條胡同，曰橫二條；又西曰石虎胡同，中有小胡同曰果匣胡同，原名火匣子胡同；曰武功衛，舊作吳公衛，《八旗通志》作蜈蚣衛；其西有小胡同曰錫拉胡同，以達於西單牌樓大街。

就地圖上看，石虎胡同即在「大秤勾」、「小秤勾」之西。「橫二條」實為直二條，是南北向的胡同；曰「橫」者，與東西向的頭條胡同、二條胡同相對而言。由於「橫二條」的隔斷，石虎胡同是條不長的胡同，而就在這條不長的胡同中，除了「右翼宗學」以外，還有「正黃旗義學」及「鑲紅鑲藍旗世職幼官學」。後者創建於乾隆十七年，以未成年而襲世職，食半俸的「幼官」為教育對象，兩旗合設一學；主要課程是清語與騎射。無論就時期及曹雪芹個人的條件及興趣來說，皆不適合，無須深論。但「正黃旗義學」卻有可以位置曹雪芹之處。

八旗義學的緣起及組織

《大清會典事例》卷八百五十六：

雍正二年恩詔：「養育人材，首以學校為要，八旗生童內或有家貧不能延師讀書者，宜各設立學堂教育，欽此」。遵旨議定，八旗左右兩翼設立義學。……六年議准，增設八旗左右翼義學。……再撥給石虎兒衚衕官房二十二間半為正黃旗義學。

按：八旗官學生有國子監所奏准的定額，多為官員子弟；兵丁之子，缺少機會，雍正因設此義學。初制左右翼為兩所；雍正六年擴大為每旗一學，「正黃旗義學」設在石虎胡同；可能撥用原正黃三旗都統衙門的房屋。八旗都統共二十四（滿洲、蒙古、漢軍各成一旗，故總計為二十四旗），至雍正元年始有公署；正黃旗都統衙門先設在石虎胡同，雍正六年遷至德勝門內帥府樓胡同。見《八旗通志‧營建志》。

「義學」分「滿漢教習學堂」及「漢教習學堂」，凡八旗子弟十歲以上，二十歲以下皆可入學，不拘定額；並隨其志願，讀漢書或兼讀滿漢書。教習分兩種：「滿漢教習」及「漢教習」。前者「由八旗舉人及恩拔副歲貢生內考選充補」；後者由「漢舉人及恩拔副歲貢生內考選充補」，曹雪芹如任義學教習，自是「滿漢教習」。

現在回到第一點上來，當乾隆九年到十九年的曹雪芹的條件，正宜於擔任義學「滿漢教習」這樣一個公職。然則曹雪芹的條件是什麼？主要的是資格；他的資格，恰足以報考一個清高的義學教職。

曹雪芹的功名

三種不同的說法

趙岡研究《紅樓夢》，下的工夫亦很深，他在《紅樓夢研究新編》中，探討曹雪芹的出身，曾舉了如下三條前人的筆記：

一、梁恭辰《北東園筆錄》四編卷四說雪芹「以老貢生槁死牖下」。

二、葉浩《長白藝文志》稿本、小說部集類云雲芹官「堂主事」。

三、葉德輝在《書林清話》卷九稱雪芹為「孝廉」。

此外，吳恩裕在〈四松堂集外詩輯跋〉中，據鄧之誠《骨董瑣記》云：

雪芹也是貢生。

按：《骨董瑣記》內「曹雪芹」條，辨曹綸非曹雪芹後裔，末云：

> 名霑，以貢生終，無子。

「無子」即所以證明曹綸非雪芹之後；而其根據，至少有《鷦鷯庵雜詩》中，敦誠〈輓曹雪芹〉詩註：「前數月伊子殤，因感傷成疾」。可知語不妄發；則「以貢生終」四字，亦必確有所知，殊非漫擬。《長白藝文志》說曹雪芹曾官「堂主事」，其說存疑；《書林清話》稱之為「孝廉」，後文另有說法；梁恭辰為梁章鉅子，所著《北東園筆錄》，說曹雪芹為貢生，可作鄧說的旁證。

我必須強調，鄧之誠有一分證據說一分話，信用可靠。他收藏清人文集、詩集的初刻本、稿本、抄本極多，自道：

> 辛巳罷講閒居、愈益搜求順康人集部，先後所得踰七百種，……大約絕無僅有者五、六十種；可遇而不可求者五倍之。[1]

易言之，鄧氏之書，半數為孤本、珍本。又言：

坊肆之書，日益寥落，欲再求此七百種，恐亦非易事也。每讀竟一種，作為題識，錄於書衣；朋從皆知有此識語，每相慫恿，裒為一集。[2]

是即《清詩紀事初編》。

以《清詩紀事》證明鄧之誠之言可靠

鄧氏此書，體例嚴謹，紀事詳明，對考證清初史實，有極大的用處，如明末遺民志節蹤跡；康熙朝滿漢傾軋，南北相爭；以及「奪嫡」的糾紛等等，鉤稽各家詩文，相互參校，有當於心，且信而有徵，方始下筆，是故每每道人所未道；

1　見鄧著《清詩紀事初編》自序。
2　同上。

亦道人所不能道。所記時人生平，百十言之間，有後世治史者窮年兀兀所夢想不到的收穫。如清初鉅富，皆知「南季北亢」；「南季」以季滄葦之故，尤負盛名，而莫知其致富之由；《清詩紀事初編》卻有解答，卷四記「季開生」云：

泰興季氏自寓庸始興；寓庸字因是，以天啟二年進士，官吏部主事。……寓庸名在逆案，致資無慮鉅萬。其時言富者，恆數「北亢南季」，亢晉人，米商；季則行鹽，嘗斥十萬金買書畫古籍。

季寓庸即季滄葦之父。「名在逆案」，則是「閹黨」；以「吏部主事」而能「致資無慮鉅萬」，則不在「文選司」，即在「考功司」，握有部分進退黜陟內外百官的大權，為魏忠賢的鷹犬之一。崇禎元年定「逆案」，季寓庸與阮大鋮同在「削籍為民」的名單中；殊不料季寓庸即為季滄葦之父。

又如記桐城〈張英〉云：

英首以文學入直南齋，兼日講，傅東宮，以至台閣。同時徐乾學、葉方藹、高士奇等人，立黨相競，多所凌忽；英與陳廷敬甘心自下，始得保全。英乞假家居者五年，未及杖朝、遽以引退，以不與翻覆之局為幸。然許志進《謹齋詩稿》，有〈桐城相國輓詩〉四章，作於太子再廢之時，蓋追輓也。其次章云：「往者□□禍，株連盡老成，呼冤填北寺，謫戍走邊城；牛李終相怨，園綺去亦輕。仙人衡岳裡，導氣失長生。」明明謂英之去國，由於黨爭；其沒也，由於恐懼。英沒於是年九月，與太子廢，幾於同時。雖非嚴譴，而憂危震撼，殆有不得其生者矣。兩閱月，卹典始下，亦非故事。

凡對康熙朝黨爭有研究者，無不信服其言；從而亦可領悟，何以張英之子廷玉，獨蒙雍正眷顧，以文學侍從之臣而親許其配享太廟？即因張英雖為廢太子東宮舊屬，但不與皇八子胤禩覬覦大位之謀，故雍正引廷玉為心腹；《大義覺迷錄》實出廷玉手筆，自有由來。但我認為此記中，最值得注意的是，張英的隱衷，須讀《謹齋詩稿》，始能明白；從而可知，當事人諱莫如深，盡泯痕跡，殊未可斷言必無此事。

又記曹寅云：

曹寅字子清，號荔軒，又號楝亭，內務府包衣旗人。自署「千山」，蓋其先遼陽人；寶砥則受田所在。

按：攻擊所謂「資產階級『新紅學』」，及「買辦文人胡適」的吳新雷，在〈關於曹雪芹家世的新資料〉一文中，費了好大的氣力，才「論定」曹雪芹「祖籍遼陽」。而在鄧氏，只「自署千山」四字，便證明了「其先遼陽人」；同時亦為「湹陽曹氏」指出了來歷，與受田寶砥有關。又：

南中名士，無不交往，盛有所遺，或為之刻集，唯稱顧景星舅氏為不可解。

按：顧景星字赤方，號黃公，湖北蘄州人，明朝貢生；少稱神童，長而博學，與黃岡杜茶村齊名。入清不仕，康熙十八年舉制科「博學鴻詞」，被徵至京，稱病不試，是一位高士。鄧之誠盡讀曹寅所著書，及顧黃公《白茅堂全集》，不明他們的舅甥關係，自承「不可解」，是這樣負責的態度，所以可確信其說曹雪芹「以貢生終」，必有所本。吳恩裕曾獲鄧氏贈書，並曾面晤，而不舉以為問，實在可惜。

曹雪芹不但是貢生，我還可以進一步指出，他是副貢！

曹雪芹如何成為副貢

「五貢」

太學之制，「六貢三監」；而通常都只稱「五貢」：恩、拔、歲、優、副。加上花錢所捐而實在不值錢的「例貢」，方為「六貢」。

略諳清朝教育及任官制度的都知道，五貢之中以「拔貢」為最名貴；雍正時六年一舉；乾隆七年定為十二年一舉，即逢「酉」年，產生拔貢。事先由國子監題奏，奉旨後行文各省學政考選，正試分兩場，第一場試四書、五經、八股文各一；第二場試策、論、五言八韻排律各一。名額為府學兩名、縣學一名，寧缺毋濫；然後再經學政會同督撫，於秋闈以前覆試合格，方始報部；同時將正覆試原卷，解送禮部，奉請派御史「磨勘」。

拔貢朝考，定於「戌」年六月初在京師舉行，欽命四書題、試帖詩題各一；並派閱卷大臣酌擬等第，進呈欽定。取入一、二等者，定期在保和殿覆試，欽命題目及閱卷大臣如初試。取入一、二等者，按省開單引見，分別授官，自七品小京官、知縣試用至授教職不等。觀此隆重嚴格的考試程序，與會試幾無分別；十二年一舉，且一縣只取一名，再經一次覆試，兩次殿試；論考試內容，八股、策、論，尤其是五言八韻排律，鋪陳典實，更非腹笥不寬者所能辦。所以拔貢而授為京官，雖翰林不敢輕視。八旗亦有拔貢，額定滿洲、蒙古每旗兩名、漢軍每旗一名。

恩貢、歲貢為一類；完全是比較資格。生員即俗稱的秀才中，資格最深者為廩生；廩生中年資最久者即成「貢生於王庭」的歲貢。較其年資，共開三名，謂之「一正二陪」。倘遇國有慶典，恩詔加貢，即以本年正貢作恩貢；「二陪」中開列在前的「次貢」作歲貢。

優貢三年一舉，在學政三年任滿時，會同督撫就各學密報文行俱優的生員舉行考試，錄取者即為優貢；次年朝考。但以優貢在同治以前，並無錄用的辦法，所以多不赴朝考。義學教習由「舉人及恩拔副歲貢生內考選充補」，獨不及優貢，即以此故。

曹雪芹不可能是恩、歲、拔貢

以曹雪芹的情況而論，不可能是恩貢或歲貢，因為恩、歲貢是用歲月熬出來的，往往一出貢即准予「衣頂告老」；以八旗而論，恐亦無四十歲以下的恩、歲貢。

然而，曹雪芹亦絕不會是拔貢。因為恩、拔、歲、優四貢，基本上是進學的生員。生員有歲試，除丁憂以外，任何事故未參加歲試者以「欠考」論，下次學政按臨，仍須補考；欠考三次，可能斥革。又生員分六等，故謂之「諸生」；除廩生外，如考列四等，由學官「扑責示懲」，即用戒尺打手心。慣以白眼看人，而且最怕拘束的曹雪芹，肯去考秀才，是件不可思議的事。

曹雪芹納監赴鄉試

准考義學教習的「恩拔副歲」四貢中，排除了「恩拔歲」三貢，自然就是副貢了。副貢之副，即是鄉試副榜之副；《清會典》卷三十三：

凡鄉試中式曰舉人；副於正榜曰副貢生。

下注：「副榜與正榜同發……每舉人五名，取中副榜一名。」順天鄉試，滿洲、蒙古編為「滿」字號，中額二十七名。定例奇零不計，以二十五名計算，應取副榜五名。曹雪芹即為此五名中的一名；推論年分，最可能是乾隆十五年庚午。

那麼，曹雪芹是憑什麼去參加鄉試的呢？方便得很，捐一個監生（例監），即可入秋闈。《清會典》卷七十六，詳載關於貢生監生「錄科」的規定，以曹雪芹「內務府包衣例監」的身分，程序如下：

一、於鄉試年分二月，取本旗文結送監。

二、五月初一日，舉行一次考試，謂之「考到」。

三、自「考到」以後，至七月二十一日止，繼續舉行「錄科」；又稱「科試」，為參加鄉試以前，必須經過的「學力測驗」。錄科取中，由國子監造冊送順天府，准予鄉試。

鄉試中式，即為舉人；下一年春闈得意，稱為「聯捷」。這是一條終南捷徑；袁子才於乾隆元年舉「鴻博」不第，即走這條路子，捐監生參加乾隆三年戊午北闈鄉試；四年己未春闈聯捷入詞林。

「副榜」是否可稱「孝廉」

曹雪芹曾入秋闈，有個旁證，即是葉德輝稱之為「孝廉」。葉著《書林清話》卷九，「納蘭成德刻《通志堂經解》之二」談到《紅樓夢》云：

其中寶玉，或云即納蘭。是書為曹寅之子雪芹孝廉所作，曹亦內府旗人。

誤「曹寅之孫」是「曹寅之子」，並不足以證明曹雪芹為「孝廉」之說，出於葉德輝的捏造。這位以罵共產黨而為共產黨所殺的「讀書種子」，自榜書櫥曰：「老婆不借書不借」；可見其嗜書如命，博學多識。「孝廉」為舉人的別稱，他說曹雪芹是「孝廉」，亦如鄧之誠之說曹雪芹為貢生，必有所本；亦就是說，他確知曹雪芹曾應鄉試。成疑問的是，曹雪芹原為副榜，他誤記為舉人，還是明知曹雪芹為副榜，而稱之為「孝廉」。

按：日人織田萬所著《清國行政法泛論》〈文官仕途種類〉：

副貢生雖中式鄉試，成績有可見者，超於定額，別擇為副榜。

此說甚當；副榜亦榜、榜上有名，則不論正副，皆為鄉試中式，此所以俗稱副榜為「半個舉人」。民初曾任參、眾兩院議長的吳景濂，遼寧興城人，「站丁」出身。「三藩之亂」，吳三桂部下皆充軍關外為驛站「站丁」，向例不准應試；清末放寬禁例，吳景濂得中順天副榜，被稱為「站丁舉人」。是則葉德輝稱曹雪芹為「孝廉」，或者在當時的習慣上，原是可以允許的。[3]

3　孟浩然詩「孝廉因歲貢」。葉德輝稱曹雪芹為「孝廉」或即本此。

結論——推斷曹雪芹抄家歸旗以後的生活情形

由貢院到義學

如上論述，曹雪芹與敦氏兄弟締交於石虎胡同，鐵案如山。在這個堅定不搖的基礎上，根據本文所引的各種證據，綜合曹雪芹的家世、經歷、性情、際遇，逐步逆推，每一階段的結果，可說都是必然的：

一、唯有曹雪芹在正黃旗義學供職，才能與敦氏兄弟締交；因為正黃旗義學不但與右翼宗學同在短短的石虎胡同，而且八旗義學至乾隆十幾年已「有名無實」（乾隆二十二年裁撤八旗義學，上諭中曾加以痛斥），正黃旗義學自不例外；曹雪芹清閒無事，才得與敦氏兄弟共數晨夕。

二、唯有曹雪芹考上八旗義學的「滿漢教習」，才得被派至正黃旗義學供職；因為除了這個職位，正黃旗義學中，別無可以位置曹雪芹之處。

三、唯有曹雪芹是貢生，才能考上八旗義學滿漢教習；因為報考資格為「八旗舉人及恩拔副歲貢生」，而曹雪芹不是舉人。

四、唯有曹雪芹鄉試中式副榜，才能成為貢生；因為以曹雪芹的性情，不可能成為生員，亦就不可能成為由生員出貢的恩、拔、歲貢，唯一成為貢生的途徑，是由副榜自然而然轉為副貢。

出身內務府兩官學

逆推到此，曹雪芹自雍正五年抄家歸旗以後的生活環境，我已可以給他繪一幅藍圖。雖然這幅藍圖上，雲煙滿紙，但畢竟不是黑漆一團；看這幅藍圖雖有霧裡看花之憾，但畢竟不是全無影響之妄。這裡且先一說繪製這幅藍圖的要點：

第一、曹雪芹於雍正六年歸旗，時年十四歲，入內務府於康熙年間所設的景山官學讀書。因為曹頫正獲重咎，必然戒慎恐懼，恪遵功令，送子弟入內務府的官學，以備及年當差。

第二、雍正七年設置咸安宮官學，派翰林任教；選景山官學及內務府已及受書之年的俊秀子弟入學。以曹雪芹的資質，當然會入選。

平郡王福彭與曹家

第三、乾隆即位後，曹家確有一段不壞的日子，不過不是如周汝昌所說的，由於「元妃」而「中興」；乃是深得平郡王福彭的照應。

平郡王福彭頗得雍正好感，任大將軍、入軍機，皆為「大用」。福彭與乾隆的交往甚密；當雍正十年，乾隆為「寶親王」時，印行詩集，疏宗中唯一為此詩集作序的，只有福彭。至於所謂照應，說如何讓曹頫得以飛黃騰達，則以規制所限，不太可能。但內務府的好差使甚多，照應曹家的生活，不成問題。所以曹雪芹在乾隆二年，滿廿三歲，規定應該退學以後，過的是做詩作畫、賞花顧曲、飲酒劇談的，既風雅又風流的公子哥兒的生活。「脂批」中數度提到「三十年前」

如何如何繁華，算起來是乾隆初年；不應是「金陵舊夢」。於此是可以得到合理的解釋了。

「悼紅」

第四、平郡王福彭薨在乾隆十三年十一月；冰山一倒，以內務府旗人的勢利，曹頫自必大受排擠。曹家上下，習於揮霍；一方面收入大減，一方面債主盈門，幾於破家。我認為所謂「悼紅軒」之「紅」，是指「鑲紅旗王子」（曹寅奏摺中語）而言。

第五、為了打開家族的困境，乃由曹雪芹捐監生下場，期待秋闈得意、春闈聯捷，便可重振家聲。按：曹雪芹如入詞林，可舉「京債」；不入詞林則分部當主事，或外放為「榜下即用」的縣官，都可令人刮目相看，宿逋可緩，新債得舉，家庭窘況頓時改觀。無奈事與願違，僅中副車；度時當為乾隆十五年庚午正科。十七年壬申，太后六十萬壽開恩科，曹雪芹是赴試落第；還是根本未下場？

已難考證。

第六、既不能中舉人，成進士，則為生活所迫，總得找個職業，乃以副貢考取八旗義學「滿漢教習」；這幾乎是曹雪芹當時唯一的出路。

以上六點，自謂為「小心的假設」；另有一個「小心的假設」是：「脂硯」應該是李鼎。此已逸出本文範圍，當別為文考證。

《紅樓夢》中「元妃」係影射平郡王福彭考

前言——「新紅學」的起步

在〈曹雪芹以副貢任教正黃旗義學因得與敦氏兄弟締交考〉中，我肯定了平郡王福彭對於曹家的衰落，具有決定性的影響；並認為「所謂『悼紅軒』之『紅』，是指『鑲紅旗王子』而言。」鑲紅旗本為清太祖第十二子英親王阿濟格所領；順治八年十月獲罪論死賜自盡、爵除。鑲紅旗改由平郡王為旗主；平郡王府及鑲紅旗都統衙門，皆在京師阜成門內石駙馬大街。

福彭對曹家的關係如此重要，在我發表上述考證以前，從未被人正視過。周汝昌雖有曹家於乾隆初年「中興」之說，但謂由於「元妃」得寵之故。此為不經之談，無足深論。我確信，目前擺在《紅樓夢》研究者面前的最大課題是：研究福彭及福彭對曹雪芹與《紅樓夢》的影響。或者說：研究福彭在曹雪芹心目中，及《紅樓夢》中，具何等地位？

元妃在《紅樓夢》中出現的次數，少於「賈家」任何親屬，但沒有元妃就沒有大觀園；沒有大觀園，就沒有《紅樓夢》。同樣地，福彭以親貴體制所限，出現在曹雪芹實生活中的次數絕不會多於曹雪芹的其他親屬；但沒有福彭，「作者」就不會「歷經一番夢幻」、不會有「一把辛酸淚」；也就不會有「真事隱去」的《紅樓夢》。就小說言《紅樓夢》，元春恰如「甄寶玉」，分量不重；而就紅學言《紅樓夢》，福彭則如「賈寶玉」，非重視不可。

紅學上長期以來若干引起爭論的疑難，如後四十回的問題等等，在我研究了福彭對曹家的影響以後，確信已獲得了不容爭辯的解答。不但如此，由於瞭解了福彭，我認為除了脂硯是誰這一個問題以外，所有關於《紅樓夢》、曹雪芹的問題，大致都有了答案。

以元妃影射福彭的證據

「弓上掛著一個香櫞」

《紅樓夢》第五回「金陵十二釵正冊」，以第一頁合寫林黛玉、薛寶釵，所以釵雖十二，圖只十一；第二頁：

只見畫著一張弓，弓上掛著一香櫞，也有一首歌詞云：「二十年來辨是非，榴花開處照宮闈。三春爭及初春景，虎兔相逢大夢歸。」

按：「冊」中的圖與詩，或切姓名，或隱情節。切姓名者，如「湘江水逝楚雲飛」、嵌「湘雲」之名；「凡鳥偏從末世來」，「凡鳥」指王熙鳳。是故第二頁香櫞之櫞，為元春之元諧音；此無可爭辯，問題是那張弓如何說法？「掛」與繫不同，明言「弓上掛著一個香櫞」，則弓非平置，而為掛於壁上可知。掛者懸也；弓者弧也，「懸弧」之典見《禮記》：

孔子曰：士使之射，不能……（注）男子生，設弧於門左。

「懸弧」既為生男的宣告；則此典故用於此處，明明為作者的強烈暗示，莫誤猜為女子。再由「弓」字的聲音去玩味，自然而然會想到福彭之彭。孤證的說服力不強；這仍然是個假設，須進一步求證。

「二十年來辨是非」

曹雪芹「故將真事隱去」，是經過一番精心設計的。「真事」辛酸，賺人熱淚；但文網既密，不能不隱，作者有一段矛盾的心情，「真事」唯恐人知，又唯恐人不知。不求人知，所以隱藏的方法很巧妙；欲求人知，必又故露破綻，以待有心人入手。此一頁中的破綻，在第一句詩：「二十年來辨是非」。

按：詩詠元春，即詠元妃；宮闈之事，與民間渺不相關，元妃既非如慈禧太后之垂簾聽政，她之能不能明「辨是非」，於人毫不相干，所以這句詩入眼即予人以突兀之感。如果輕輕放過就算了；倘欲探究其故，則一步一步引人入勝，證據左右逢源，不一而足。

詠元妃的一首七絕，第一句只要想到元妃影射福彭，就很容易明白了。曹家雍正六年抄家，隨即進京歸旗，至福彭乾隆十三年十一月去世，不折不扣地二十年整。這就是說，福彭知道曹頫之被革職抄家，是受到當時最敏感的一個政治問題——「奪嫡」糾紛的衝擊，至少曹頫本人是無辜的；所以二十年來顧念親情，處處照應外家。

第二句「榴花開處照宮闈」，指福彭於雍正十一年四月入軍機，在內廷辦事，故曰「照宮闈」。榴開不必五月，節氣早，四月開花常事，異種安石榴花，則四時常開。

第三句「三春爭及初春景」，「爭」字訓「怎」。就表面看，「三春」指迎春、探春、惜春；「初春」則指元春。三姊妹的福分皆不如大姊；故云「三春爭及初春景」。其實另有深意，「嚴霜烈日皆經過，次第春風到草廬」，曹家在曹寅、曹顒父子先後下世；曹頫意外襲職不久，復有革職抄家之厄以後，曾有過一個日麗風和的「春天」。這個「曹家的春天」，歷時凡一紀：即自乾隆元年至十二年。十二年分為三段，每段四年，乾隆元年至四年，即為「初春」。所謂「三春爭及初春景」，謂仲春（五至八年）、季春（九至十二年），不及前四年。此由於乾隆四年秋天，發生了一次流產的宮廷政變，乾隆對福彭的關係發生了變化之故；這留待後文細談，此處暫且擱起。

「虎兔相逢大夢歸」

第四句隱藏著兩個最具體的證據：對我來說，構成為最嚴重，也最有魅力的挑戰。因為由「懸弧」以及「二十年來辨是非」與「三春爭及初春景」這兩句詩，已充分顯示「元妃隱射福彭」假設，足可成立；但可想而知的，證據即在這可望不可即的第四句詩：「虎兔相逢大夢歸」中；如果找不出來，則假設始終是假設。

「大夢歸」謂人之去世，自不待言；「虎兔」指地支第三位、第四位的寅、卯。干支紀年、紀日，人所易曉；但干支亦可用來紀月、紀時，尤其是紀月用夏曆「建寅」，則除知曆法及子平之學者外，常不易瞭解。

因此，所謂「虎兔相逢」的虎兔，雖知指寅卯而言，但不知指年、指月、指日、指時？為歷來紅學家所輕視的《紅樓夢》後四十回的第九十五回「因訛成實元妃薨逝」，指為「卯年寅月」，設想甚妙；書中說：

是年甲寅年十二月十八日立春；元妃薨日是十二月十九日，已交卯年寅月。存年四十三歲。

按：術者推命，不論閏月，以二十四節氣分為十二個月。凡遇閏年，第二年的立春必在前一年的十二月；甲寅年十二月十八日立春，十九日即算作乙卯年正月，正月建寅，故為「卯年寅月」。

在此以前，第八十六回訛言「娘娘病重」，賈母又連日夢見元妃，都驚疑元妃有變；薛寶釵轉述賈家那些「丫頭婆子」，談到當年有人替元妃算命，雖說只怕遇著「寅年卯月」，但卻無礙，因為「今年那裡是寅年卯月呢？」這句話沒有寫清楚，是年雖為甲寅，但序屬清秋（見下回寶釵致黛玉書）；卯月為二月，早已過去，故知不妨。卻不料元妃之死，是在「卯年寅月」，仍然是「虎兔相逢」。既有伏筆，又出新解，設計是相當周密巧妙的。

不過，既是「真事隱去」，則福彭必非死於「卯年寅月」，方合邏輯。據王氏《東華錄》，福彭死於乾隆十三年戊辰十一月十八日。這年閏七月；十二月十六日為己巳年立春。可知「虎兔相逢」之說，應別求解釋。

福彭死於立春之前，元妃死於立春之後；福彭死於十一月十八日，而元妃死於十二月十九日，恰好加了一個月又一天，凡此如果是渺不相關的兩個人，自無道理之可言；但既以元妃影射福彭，則兩者之間必有關聯，應該承認它是一個問題，但亦不妨視之為一條線索。

在我，由於確知有一個「曹家的春天」，所以「虎兔」的隱喻，不難發現。乾隆十一年丙寅、十二年丁卯，此即「虎兔」。所謂「虎兔相逢大夢歸」，意謂過了虎年、兔年，大限即到。《紅樓夢》因為一開頭就設計了一個「卯年寅月」的說法，不能不用「相逢」的字樣。甲戌本第一回，「並題一絕云」一段，上有眉批。

若云雪芹披閱增刪，然後開卷至此，這一篇楔子又係誰撰？足見作者之筆，狡猾之甚。後文如此者不少；這正是作者用畫家煙雲模糊處，觀者萬不可被作者瞞弊（蔽）了去，方是巨眼。

「相逢」字樣，即為作者狡猾。但亦不必「巨眼」始能看出。

兩個八字

煙雲最模糊之處，是八十六回所寫的元妃的八字；據賈家的「丫頭婆子」們說：

前幾年正月，外省薦了個算命的，說是很準的。老太太叫人將元妃八字，夾在丫頭們八字裡送出去，叫他推算。他獨說，這正月初一日生的那位姑娘，只怕時辰錯了，不然真是個貴人，也不能在這府中。老爺和眾人說：不管他錯不錯，照八字算去。那先生便說：甲申年正月丙寅，道四個字內，有「傷官」、「敗財」；唯申字內有「正官」、「祿馬」，這就是家裡養不住的；也不見什麼好。這日子是乙卯，初春木旺，雖是「比肩」，那裡知道越比越好；就像那個好木料，越經斲削，才成大器。獨喜的時上什麼辛金為貴；什麼巳中「正官」、「祿馬」獨旺，這叫做「飛天祿馬格」。又說什麼「日逢專祿」，貴重的很；「天月二德」坐命，貴受椒房之寵。這位姑娘若是時辰準了，定是一位主子娘娘。這不是算準了麼？我們還記得說：可惜榮華不久，只怕遇著寅年卯月，這就是「比」而又「比」；「劫」而又「劫」。譬如好木，太要做玲瓏剔透，本質就不堅了。

如上所述，可以列出元妃的八字是：

木　甲申　金
火　丙寅　木
日主　木　乙卯　木
金　辛巳　土

照命理上說：「比肩」與「劫財」（即「敗財」）為「日主」的同類，猶如兄弟。陰陽同性為「比」；異性為「劫」。元妃是木命、乙木為陰木；遇卯為比肩，遇甲、遇寅為劫財。「遇著寅年卯月」，便是「劫而又劫」、「比而又比」。

但所謂「就像那個好木料，越經斲削，方成大器」，此是指「金」（象徵刀斧）與「木」的關係而言；木何可斲木、削木？此說不通。為此，我曾請教公認對子平之學最有研究，堪稱權威的汪公紀先生；他說：

對於元妃的八字，我細看過了。大致與《紅樓夢》八十六回所說的差不多，確是女命中難得的好八字；有「月德」，無「天德」，但有「貴人」，宜乎早年出閣；而親族中除丈夫外，對父母兄弟皆有疏隔，是宮眷之命。但壽命不長，大概四十以後，就會去世。命中木盛，木非所喜，逢寅卯之年，木上加木，所謂「比而又比，劫而又劫」，自無好運。但「越經斲削，方成大器」云云，就莫名其妙了。

這是證實曹雪芹這部分說錯了；而錯實出於故意，即在影射福彭的命造。福彭生於康熙四十七年戊子六月廿六日卯時；八字是：

土　戊子　水

土　己未　土

日主　金　辛未　土

金　辛卯　木　半木局

計為兩金四土一水一木。經請教汪先生，他說：

此一八字，根基極厚，可惜缺火無根。金無火煉，難成大器。「土重金埋」，所以時干一「比」自然很得力。土既嫌多，流年逢土不利，自不待言。年支子為「食神」，有藝術天才，但也是個享樂派。

我又請教他，己未及戊辰對福彭的八字的影響；汪先生說：

己未、戊辰、天干地支雙重土，當然不好。辰為「水庫」；對子年生的人來說，即所謂「交墓庫運」，尤為不利。

我又請教汪先生：「丙年呢？」汪先生說：

這個八字所缺者就是丙火。丙為「正官」；「官印相生」，再好沒有。

說來有些不可思議，福彭襲爵在雍正四年丙午；而由軍前內召，派為「協辦總理事務」，則是乾隆即位改元的丙辰。雍正頗諳星命；黜納爾蘇而以其子襲爵，可能已知道丙年在福彭是「官印相生」，藉以運用權術，作為一種籠絡的手段。但雍正不會知道他命終於乙卯；到次年丙辰，乾隆用福彭為左右手；更不會想到己未、戊辰對福彭大不利。豈非不可思議？

流產的宮廷政變

然則「己未」是怎麼回事？這重公案，牽涉到雍正奪位的糾紛，及中央研究院史語所蘇同炳兄所作的初步考證，乾隆生母極可能為熱河行宮一李姓宮女的問題。我注意這些問題已久；雖以證據不足尚難有定論，但這年有一流產的宮廷政變，則絕無可疑。王氏《東華錄》乾隆四年十月：

己丑（初次）宗人府議奏：「莊親王允祿與弘晳、弘昇、弘昌、弘晈等結黨營私，往來詭秘，請將莊親王允祿，及弘晳俱革去王爵，永遠圈禁；弘昌革去貝勒、弘普革去貝子、寧和革去公爵、弘晈革去王爵。諭：莊親王允祿受皇考教養深恩，朕即位以來，又復加恩優待，特令總理事務，推心置腹；又賞親王雙俸，兼與額外世襲公爵，且畀以種種重大職任，俱在常格之外，此內外所共知者。乃王全無一毫實心為國效忠之處，唯務取悅於人，遇事模稜兩可，不肯擔承，惟恐於己稍有干涉，此亦內外所共知者。至其與弘晳、弘昇、弘昌、弘晈等私相交結，往來詭秘，朕上年即已聞之，冀其悔悟，漸次散解；不意至今仍然固結。據宗人府一一審出，請治結黨營私之罪，革去王爵，並種種加恩之處，永遠圈禁。朕思王乃一庸碌之輩，若謂其胸有他念，此時尚可料其必無。且伊並無才具，豈能有所作為？即或有之，豈能出朕範圍？此則不足介意者。但無知小人如弘晳、弘昇、弘昌、弘晈輩，見朕於王加恩優渥，群相趨奉，恐將來日甚一日，漸有尾大不掉之勢，彼時則不得不大加懲創，在王固難保全，而在朕亦無以對皇祖在天之靈矣。

弘晳乃理密親王之子，皇祖時父子獲罪將伊圈禁在家，我皇考御極，敕封郡王，晉封親王；朕復加恩厚待之，乃伊行止不端，浮躁乖張，於朕前毫無敬謹之意，唯以諂媚莊親王為事。且胸中自以為舊日東宮之嫡子，居心甚不可問。即如本年遇朕誕辰，伊欲進獻，何所不可？乃製鵝黃肩輿一乘以進，朕若不受，伊將留以自用矣。今事跡敗露，在宗人府聽審，仍復不知畏懼，抗不實供；此尤負恩之甚者。

弘昇乃無藉生事之徒，在皇考時先經獲罪圈禁，後蒙赦宥，予以自效之路；朕復加恩用至都統，管理火器營事務。乃伊不知感恩悔過，但思暗中結黨，巧為鑽營，可謂怙惡不悛者矣。

弘昌秉性愚蠢，向來不知率教，伊父怡賢親王奏請圈禁在家；後因伊父薨逝，蒙皇考降旨釋放；乃朕即位之初，加封貝勒，冀其自新，乃伊私與莊親王允祿、弘晳、弘昇等交結往來，不守本分，情罪甚屬可惡。

弘普受皇考及朕深恩，逾於恆等，朕切望其砥礪有成，可為國家宣力，雖所行不謹，由伊父使然，然亦不能卓然自立矣。

弘晈乃毫無知識之人，其所行為，甚屬鄙陋，伊之依附莊親王諸人者，不能飲食讌樂，以圖嬉戲而已。

以上為罪狀；以下為處分：

莊親王從寬免革親王，仍管內務府事，其親王雙俸，及議政大臣、理藩院尚書，俱著革退。至伊身所有職掌甚多，應去應留，著自行請旨。將來或能痛改前愆，或仍相沿錮習，自難逃朕之洞鑒。弘晳著革去親王，不必在高牆圈禁，仍准其鄭家莊居住，不許出城。其王爵如何承襲之處，著宗人府照例請旨辦理。弘昇[1]照宗人府議，永遠圈禁。弘昌亦照所議，革去貝勒。弘普著革去貝子，並管理鑾儀衛事……弘晈本應革退王爵，但此王爵，係皇考特旨，令其永遠承襲者；著從寬仍留王號，伊之終身永遠住俸，以觀後效。

以上所引，分明為擁立弘晳；而莊親王允祿居於主持的地位。通觀長諭，令人不解之處甚多。本為謀反大逆，而乾隆語氣沖淡，似乎視作不甚嚴重之事，此其一；涉案者除弘昇以外，其餘諸人與雍正、乾隆父子，都有很密切的關

1　弘昇為恆親王允祺之子。允祺行五，與最為雍正所惡之允禟同為宜妃所出。

係[2]，尤其是莊親王允祿[3]，照常理說，是絕不應該去擁立弘皙的，此其二；弘皙何所憑藉，而敢於在乾隆面前「毫無敬謹之意」，且以「東宮嫡子」自居？此其三；罪名甚重，而處分甚輕，對莊親王更似有無可奈何之意，何故？此其四。

由這四 個疑點，可以想見這重公案的內幕極其複雜；我以為只有一個假設，可以解釋，即雍正生前，對於皇位的繼承問題，另有安排，付託莊親王照遺命執行。此當別為之考，不在本文範圍之內；所當著眼者，是乾隆長諭中，說莊親王與弘皙等「私相交結，往來詭秘，朕上年即已聞之，冀其悔悟，漸次散解，不意至今仍然固結。」這就是說：乾隆希望皇位繼承問題，莊親王能改變既定的安排，但因出於先帝遺命，不便公然表示，唯望暗中化解；而以福彭與乾隆的關係，猶如怡親王胤祥之與雍正，是必負有策動莊親王及相機化解的責任，「不意至今仍然固結」，則福彭顯然大負付託，此為寵信不如以前的主要原因。

「『土木』之變」

就福彭的一生來說：乾隆四年是他的一大挫折；由此開始，漸走下坡。而這年為干支皆土的己未年。由於福彭的命運，在五行生剋之理上，表現得非常明顯；所以在己未以後，術者提出另一個重土之年戊辰，亦大不利，極可能為畢命之時，因而有「虎兔相逢大夢歸」之說，是全然可以理解之事。

論證至此，可以由虛設的元妃的八字，與真實的福彭的八字，來作一比較；證明曹雪芹在元妃的八字中，說錯了的部分，以及強調的部分，實際上正是指福彭的八字的特徵。

一、元妃的八字，「初春木旺」、「日逢專祿」已足以說明乙卯這個日子好。

---

2 弘晳為廢太子允礽之子。雍正即位後，為拉攏允礽，打擊允禩，封允礽為理郡王、後晉親王。弘昌、弘晈皆怡賢親王胤祥之子。康熙時，胤祥以事圈禁：雍正即位後，首釋之於高牆，封為怡親王，寵任無比。除怡親王世襲外，另封弘晈為寧郡王。

3 允祿為康熙第十六子，於天算火器，得康熙的親授，並命之轉授乾隆。雍正即位後，以允祿繼莊邸為嗣並襲爵，便其繼承莊邸遺產。

所謂「越比越好」的說法，像元妃這種八字是用不上的。但福彭的八字，卻正是「越比越好」，因為「土重金埋」，要靠金多去平衡。

二、陳之遴《命理約言》中〈流年賦〉說：「大抵命之所喜者，自非運之所忌」，若謂元妃的八字，以木命而「越比越好」，則命之所喜在木；行寅、卯之運，自非所忌，何以反成凶險的「虎兔相逢大夢歸」？試看看福彭的八字，以金命而「越比越好」，故逢庚辛、申酉之年，並無所忌。於此可知，表面強調寅卯兩木；其實是暗中強調戊辰兩土。而又適有乾隆十一、十二年的一寅一卯，因而設計出一個雙關的元妃的八字，是煞費苦心的「土木」之變。

「加一」的秘密

我前面說過，福彭死於十一月十八日；而《紅樓夢》中說元妃死於十二月十九日，日期上加了一個月另一天。這「加一」是個原則。

《紅樓夢稿》說元妃「存年四十三歲」；苕溪漁隱在《癡人說夢》[4]中，為之訂誤云：

> 元妃薨日是十二月十九日，已交卯年寅月，甲申至乙卯僅止三十二年。四十三歲當改三十二歲。

如今通行的排印本，已據此改正。其實，說過了「年內春」便當加一歲，這種計算年齡的方法，是很勉強的；至少不是普遍通行的。推命由於地支只有十二，而閏年月份十三，難以處理，故以二十四節氣分十二個月；實際年齡過立春一天便加一歲，此較廣東「積閏」的習俗，尤不合理。《紅樓夢》中設計由「寅年卯月」轉變為「卯年寅月」，仍符「虎兔相逢」的凶讖，頗具匠心；但年齡的計算，以從卯年而加一，原可不必。所以然者，亦是因為怕對照太明顯，易於看

4 此「苕溪漁隱」非宋人胡仔，為范鍇回，嘉道時人。

出，特為加上一個小小的障眼法。

按：由於福彭生於戊子，歿於戊辰；因而曹雪芹設計元妃生於甲申，歿於甲寅，以構成「『土木』之變」這個戲法。但亦怕人由兩木（甲）輕易地想到兩土（戊），所以強調兩木為寅卯。年齡亦照卯年計算。

元妃既是影射福彭，因此計算福彭的年齡，應用元妃的方式，生於甲申，歿於甲寅，即為三十二歲；則生於戊子，歿於戊辰，應為四十二歲，而非福彭的實際年齡四十一歲。

但用「加一」的原則，說元妃存年是三十二加一為三十三歲，則又錯得太明顯了。因此索性多錯些，但仍符合「加一」的原則，即在「十」位上與「個」位上各加一：由三十二變為四十三。這與十一月十八變為十二月十九，在月日上各加一的原則亦是相符的。

那麼，這個「加一」的原則又是如何產生的呢？因為「曹家的春天」只有十二年，乾隆元年丙辰至十二年丁卯：而福彭歿於乾隆十三年，多了一年之故。

果然「絕無人可續紅樓」

史學的證據支持文學的論點

在拙作〈曹雪芹對《紅樓夢》最後的構想〉一文中，我斷言「絕無人可續紅樓」；我說：

第一，後四十回的文字，雖不及前八十回，但一般公認還是不錯的。我不認為高鶚有此能力。尤其續書比創作還難，因為得捨棄了自己的一切，去體會別人的風格。如果高鶚續書能夠看不出續的痕跡，那就比曹雪芹還要高明了。

第二，八十回與八十一回之間，找不出有什麼不同。事實上從第五十三回「寧國府除夕祭宗祠，榮國府元宵開夜宴」以後，寫到寧榮兩府過了全盛時期，文字就慢慢地不行了，如既有第三十七回「秋爽齋偶結海棠社」，就不必再有第七十回「林黛玉重建桃花社」；再把兩回文字作一比較，更是優劣判然。又如第七十五回，賈母所講的那個怕老婆的笑話，惡俗不堪，絕不能出之以如此身分的老太太之口；何況是兒孫滿堂的場合。所以一定說八十回以前好，八十一回以後較差，這話並不正確。

第三，第三十一回「因麟麒伏白首雙星」是一大漏洞，為何不改？這一回改起來並不費事，除了另製回目以外，只要把「湘雲伸手擎在掌上，心裡不知怎麼一動？似有所感」這三句話刪掉，就一點痕跡都不留了。因此，我認為原書「引言」及高程兩序，所說的都是實情，程偉元大概是個書商，而高鶚則是程偉元請來客串的「編輯」，因為「傳鈔一部」，「昂其值得數十金」，自然要「集活字刷印」，「急欲公諸同好」，沒有功夫來細作校正了。（見拙作〈曹雪芹對《紅樓夢》最後的構想〉，收入《紅樓一家言》，聯經出版。）

這完全是就文學的觀點立論；特別是就小說作者的創作心理上去體會而得的結論。現在，我所獲得的史學上的證據，充分支持了我的文學上的論點，果然，

「絕無人可續紅樓」！

證據顯示，以元妃影射福彭，關於「虎兔相逢大夢歸」這個謎，曹雪芹伏線千里，在八十六回至九十五回始有解答。其中機括重重，設計周密；任何一個續書者，都不會想到「虎兔相逢大夢歸」，原來應如此解釋；就想到了，天大的本事，也無法去設計一個「將真事隱去」的「土木」之變的戲法，因為非當時與平郡王府關係密切的人，不會知道福彭生於康熙四十七年戊子六月廿六日卯時，而他的兩金四土一木一水的八字中，在命理上有那麼多的花樣。

向來研究《紅樓夢》者，由於缺乏小說創作經驗，故易為「高鶚續書說」所誤，對後四十回都戴著有色眼鏡去看待，全然不理會寫一部小說應有的過程、交代與結果；將一部完整的《紅樓夢》，硬劈成前八十回與後四十回，分別研究，以致永遠在摸索、試探、猜測。我很欣幸我可以說得上有豐富的小說創作經驗，確信「絕無人可續紅樓」，以一百二十回作為一個整體看待，終於在某些「紅學家」所不屑一顧的後四十回中，找到了「虎兔相逢大夢歸」的答案，肯定了後四十回為曹雪芹的原稿；同時也由後四十回中接觸到了更多的真相——包括曹家歸旗後的生活；《紅樓夢》創作年代及流傳經過，以及若干脂批中的真實意義。

曹頫確曾復起為工部郎中

《紅樓夢》八十五回，「賈存周報陞郎中任」；我一向以為賈政是曹頫的影子，曹家既因福彭的關係，有過一個「春天」，則「賈存周報陞郎中任」自是指曹頫復起為工部郎中。按：曹頫革職時的底缺為內務府員外，復起為郎中、官陞了一等。內務府包衣的出路甚寬，得占用滿洲缺；戶部、工部的司官，更多內務府出身，所以曹頫由內務府員外起復，再調陞為工部郎中，在理論上是完全可行的。

然而事實呢？我找到一條證據，可與後四十回確為曹雪芹原作一事互證，即是由「賈存周報陞郎中任」，證明曹頫曾任工部郎中；而由曹頫確曾做過工部郎中，證明後四十回，倘非曹雪芹所作，即不能根據事實製此「賈存周報陞郎中任」的回目。

《紅樓夢》第一回「慣養嬌生笑汝癡」一詩，甲戌本逐句有批：

慣養嬌生笑汝癡，

批：為天下父母癡心一哭。

菱花空對雪澌澌；

批：生不遇時。遇又非偶。

須防佳節元宵後，

批：前後一樣，不直云前而云後，是諱知者。

便是煙消火滅時。

批：伏後文。

「伏後文」是那一段後文的伏筆？是「三月十五葫蘆廟中炸供，那些和尚不加小心」而失火。甲戌於此一段有眉批：

寫出南直召禍之實病

「南直」為南直隸的簡稱，指南京。曹家戚屬，本來「一榮俱榮、一枯俱枯」；福彭一歿，榮枯同運的六親，大概都垮了，此即所謂「三春去後諸芳盡，各自須尋各自門」。因此，這裡的「南直」自是指曹頫而言。

曹頫「召禍」的「實病」，是由於葫蘆廟失火；然則葫蘆廟又指什麼？指乾隆十四年正月和親王府失火。見《清高宗實錄》；乾隆因此賞銀一萬兩，又將前一年和親王因事罰俸兩年的處分撤銷，足見這場火不小。

「葫蘆」之「葫」為「和」的諧音。失火為正月初五，在元宵之前，與葫蘆廟三月十五失火的日期不符。其實，這是隱筆，真實時間，前面已有交代；即是「慣養嬌生笑汝癡」那首詩上的脂批，第一句泛指；第二句「菱花空對雪澌澌」，謂福彭生於夏日，歿於冬天；脂批「生不遇時」，謂其八字中的缺陷。另一句「遇又非偶」，可能非脂硯所批，玩味語氣，仍是八字美中不足之意。

第三句「須防佳節元宵後」的脂批，非常非常之重要。陳慶浩輯校脂批，於「前後一樣」下加逗點；而實應為句點。這也就是說，這十五個字的批，說的是兩回事；最正確的排列法，應該是：

前後一樣。

> 不直云前而云後，是諱知者。

何謂「前後一樣」？意思是曹頫在雍正六年被革職抄家，以及這一次的出事，都是前一年冬天起禍，至第二年元宵以後，一發不可收拾。在時間過程上，前後一樣。

但是正月初是在元宵以前，為什麼「不直云前而云後」呢？「是諱知者」。因為一說元宵前，曹頫的親友就都知道是怎麼回事了！現在要連「知者」都瞞過，所以將元宵前說成元宵後。

於此可知，曹雪芹將「真事隱去」，不但隱得深藏不露；而且希望「知者」誤會他所寫的是「金陵舊夢」。

至於何以和親王府失火，會殃及曹頫？由於這方面的資料太少我還無法提出一個可以成立的假設。但願提出三點看法，以供吾道中人進一步研究的參考：

一、和親王雖早已成年，但一直未曾「分府」，直至乾隆即位後，始有上諭：和親王向在宮內居住，今梓宮奉移之後，和親王福晉，可擇日暫移擷芳殿，俟和親王府第定議時，再行移居。」（《清高宗實錄》卷二，雍

正十三年九月初十諭）[5]

按：和親王府在鐵獅子胡同，原為貝子允禟（即塞思黑）宅。據《燕都叢考》，北洋政府的海軍部，即為和親王府。是否即吳梅村〈田家鐵獅歌〉所描寫的田宏遇住宅，待考。若為田宏遇住宅，則至清末猶存，從未被火；或者被焚之和親王府為新邸，甚至為曹頫所監造。被焚後，乃以允禟宅為和親王府。若然，則新邸原在何處，亦待考。

二、乾隆十三年三月十一日，孝賢皇后崩於德州，實為投水自殺。起因與其弟婦有關；孝賢胞弟傅恆之妻，為乾隆所私幸，福康安實乾隆之私生子，此所以「身被異數十三」，獨不得為額駙。此事我別有考證，自信得實。

總之，孝賢之死，大損「天威」。乾隆一方面多方尊后，並安撫傅恆，以為掩飾；一方面要「立威」，用高壓手段恐嚇臣下不得觸犯忌諱，感情狀態如在剃刀邊緣，封疆大吏以百日大喪期內剃髮獲嚴譴至論死者有數人；素受親信的訥親，以征金川失利，命侍衛以其祖「遏必隆刀」斬於內召途中；張廣泗征苗建大功，母喪曾賜祭一壇，但征金川失利，召至京親鞫於瀛台，終於斬立決。張廣泗為鑲紅旗漢軍；福彭為鑲紅旗主，又為在內廷辦事的「總理事務王大臣」，自不免在征金川一役中，對張廣泗有迴護之處。據《紅樓夢》九十五回敘元妃之死，說是「痰氣壅塞，四肢厥冷」；又說「痰塞口涎，不能言語」，是中風之象；此亦即為福彭畢命的實錄。因而可以推想得到，當時福彭一方面是看到乾隆翻臉無情，而且手段至辣，大受刺激；一方面怕受張廣泗的牽連，被逮問罪，五中焦憂，以致中風。

三、如果和親王府失火，追究責任到曹頫身上，則以乾隆此時的心情，處置必然異常嚴厲；或者說承旨的王大臣，仰窺意旨，務為迎合，定罪必然從嚴，很可能第二次抄家。倘或福彭當權，必不至此。

5 此亦為雍正生前對皇位繼承問題，一直未明確解決的證據之一。理親王弘晳當時亦住於宮中，至雍正崩後始遷出，尤可玩味。

結論

福彭在「紅學」中的地位

根據前述瞭解，我要說一句讓有些紅學家很傷心的話，費盡工夫去考證曹寅在日如何，幾乎是枉拋心力。曹寅得君之專，以包衣之女得為王妃，自對曹雪芹的後來，有密切的因果關係；但就曹雪芹寫《紅樓夢》來說，無論創作衝動、寫作素材，都無直接的關聯。有直接關聯、密切關係的是福彭。若無福彭，不可能培養出絕世天才的曹雪芹；亦不可能有世界文壇瑰寶的《紅樓夢》。

福彭對於曹家，對於《紅樓夢》真是這樣重要嗎？答案是肯定的。敦誠、敦敏及張宜泉之為《紅樓夢》研究者所格外重視，即因由他們的生活中，可以反映曹雪芹的一部分經歷、性情、生活狀態。僅就這一點來說，瞭解福彭的生平，就遠比瞭解敦氏兄弟及張宜泉來得重要。

我以為曹家自雍正十一年開始，日子就過得很好了。因為福彭於雍正十一年四月「協辦總理王大臣事務」，在政府中的權勢，大概在莊親王允祿、果親王允禮、大學士鄂爾泰之次，居第四位；七月出為「定邊大將軍」，以和碩親王額駙策凌為副將軍；雍正對福彭特頒敕諭，許之為「忠誠任事之親藩」；授權「凡將弁官員兵丁等，其或有臨戰退避、擾亂軍機者，爾會同商議，文官四品以下，武官三品以下，即以軍法示眾」。

清初的大將軍，威風八面；各部院衙門都有無條件支援的義務。康熙時更往往特簡戶部尚書為之辦糧台（全部後勤業務），包羅至廣，至於奏調各衙門人員至軍前，無不照准。因此，這時的福彭，只要肯照應親戚，無論將曹頫帶至軍前效力；或者駐京辦理私人聯絡事務，都可以讓他很得意。因為官場勢利，為求軍功保舉，或在謀取糧台等等差使，一定會去走曹頫的門路。

至乾隆即位，立即令福彭回京，以隆科多之弟慶復代之為定邊大將軍。福彭未到京以前，即命議敘軍功；到京以後，仍任之為「協辦總理事務」，又命果親王允禮，不必常川入值；對鄂爾泰亦不如雍正之信任，所以福彭的權力，僅次於莊親王允祿。這種情況一直維持到乾隆四年冬天。「三春爭及初春景」的初春，即指這四年；但仲春、季春雖不及初春，畢竟仍是春天。直到「虎兔相逢大夢歸」；於是「三春去後諸芳盡，各自須尋各自門」了。

福彭在《紅樓夢》不僅處於突出的地位，而且是在唯一核心的地方。整部《紅樓夢》以「紅」為出發、以「夢」為歸宿；處處強調「紅」字，但託政事於閨閣，即不能不以「紅」為落花、胭脂之喻。其實此「紅」既指「鑲紅旗王子」，亦指血淚；「字字看來皆是血，十年辛苦不尋常」，試問以何物書字，看來似血？一為銀硃；二為胭脂。硃硯御筆所用，豈可名齋？那就唯有用「脂硯」；也正合乎整個託政事於閨閣的設計。

隱藏在「金陵舊夢」中的另一世界

福彭為我由幕後推至幕前，《紅樓夢》出現了新境界：最重要的一點是，《紅樓夢》中的一切情節與描寫，除了少數借景及追敘往事，與南京織造衙門有關以外，絕大部分發生在京師；時間亦應定為雍正六年至乾隆十三年那「辨是非」的「二十年」。曹雪芹將他的整個世界，隱藏在「金陵舊夢」之中；說得明白些，他希望連當時的「知者」，都以為他所描寫的，只是曹寅在日全盛時代的富麗繁華。

曹雪芹的本意是不是如此呢？不完全是。他當然也知道，當時由於雍正奪嫡，以及乾隆本人亦有許多絕不能為人所知的秘密，所以刪改《起居注》、《實錄》甚至《玉牒》；收繳康雍兩朝硃批諭旨，乃至雍正「御製」的《大義覺迷錄》，亦不准講解，嚴令收回；文網之密，幾乎到了秦始皇時代，偶語棄市的恐怖程度。因此，他託政事於閨閣，在寫作技巧上，必須非常小心，運用隱喻，分解，交錯使用的手法，才能點點滴滴地隱真相於一個假設的、完整的、入情入理的榮寧二府與大觀園中。

但是，在那個取富貴容易，長保富貴卻很難的政治衝突極其尖銳、敏感的時代，仍有人為了本身的利害，堅決反對曹雪芹將他們的故事作為小說題材，那怕是非常隱晦的寫法亦不容許。其中最大的一股壓力，當然來自平郡王府；其次，是怡親王府，因為曹頫本來是交給怡賢親王胤祥照看的，而福彭之得以大用，顯然亦由於胤祥生前，常在雍正面前稱道的緣故。但胤祥之死於雍正八年，是否由於助雍正「弒兄屠弟」而外慚清議，內疚神明；或者遇到雍正所交付的非常棘手的難題、憂懼憔悴以死，實在大成疑問。而最明顯的是，福彭在己未年的遭遇，就必然會提到那樁流產的宮廷政變；這是碰都碰不得的事！須知乾隆到了二十年以後，統治權已強固無比；他又是最喜歡做翻案文章的人，此事一提，勾起舊恨，翻起案來，怡親王弘曉及寧郡王弘晈兩家都完了。

就情理上去推斷，平、怡兩府都是根本反對曹雪芹寫《紅樓夢》的。可是《紅樓夢》還是寫出來了。

曹雪芹環繞著一個「紅」字，在時間、空間、情節，以及人物、地點命名上的多樣設計，用烘雲托月、聲東擊西、正反相生、賓主易位等等曲筆，隱筆去強調這個代表「鑲紅旗王子」福彭的「紅」字，真是煞費苦心，「十年辛苦不尋常」，固非虛語；而「字字看來皆是血」，亦指在寫作過程中，所遭遇到的種種不公平的待遇。

明瞭曹雪芹為此一書，曾遭受到強大無比的壓力，對於《紅樓夢》成書經過、流傳情形，以及曹雪芹在乾隆十三年至臨死的十餘年間，始終窮愁潦倒，竟無親戚故舊加以援手的原因；以及脂批中許多費解之處、重要之處都有正確的解決途徑可循了。

「新紅學」的基礎

根據對史實的瞭解，衡諸我的由千萬字以上的小說創作經驗而體會到的曹雪芹的心理，列出自信比較接近當時實況的情形是：

一、《紅樓夢》全稿在乾隆十九年以前，即已完成；最初的書名就是《紅樓夢》，因為早期少數能獲睹此稿本的人，諸如永忠等，無例外地都稱之為《紅樓夢》。同時如前所述，以「紅」為出發點，亦是核心；而以「夢」為歸宿，在這個書名上就顯示了主題。

二、為了希望能獲得平、怡兩府的認可，曹雪芹曾一再改寫《紅樓夢》，務將「真事隱去」此所以書名亦一再更改。但平、怡兩府始終未能滿意；尤其是「虎兔相逢大夢歸」的因果關係，絕對不許有隻字提及。這樣，後四十回就根本不能出現；由於「夢」無交代，書名即不能用「紅樓夢」而改用「石頭記」。據周春在《閱紅樓夢隨筆》中所記，乾隆末年即流傳兩個鈔本，一為『石頭記』，八十回；一為《紅樓夢》，一百廿回。」而「石頭記」有脂批，《紅樓夢》無脂批的道理，亦就可以思過半矣。

三、曹雪芹臨死以前，還在不知作第幾次的改寫。「書未成而逝」，即指改寫未成。

四、曹雪芹雖死，稿本仍不能流傳；此為平、怡兩府制裁曹雪芹的手段之一。其他還包括斷絕往來；褫奪曹雪芹在內務府應享的權利（很可能已將曹雪芹「開戶」）。曹雪芹既不能獲得旗人應得的「錢糧」；又不能以出售「石頭記」鈔本餬口。等到死後亦不能獲得親戚的諒解，而由少數至友來替他料理後事。

五、平、怡兩府根本反對曹雪芹寫《紅樓夢》，威脅以外，當然還有利誘，所能猜想得到的是，以薦曹雪芹「供奉如意館」，成為「宮廷畫家」，來交換他放棄《紅樓夢》。曹雪芹拒絕了；因此可能「傳差」，以跪著作畫來折辱曹雪芹。此即張宜泉詩：「羹調未羡青蓮寵，苑召難忘立本羞」的本事。

今後「紅學」的研究，在時間上要放棄雍正五年以前，集中於雍正六年至乾隆三十年；尤其是乾隆元年至十二年；空間上要由南移北，重新在京師東、西城去探索。這是一個全然不同於過去的新方向，因此我大膽地提出一個「新紅學」的口號。前述五點情況，便不妨說是「新紅學」的基礎。

高鶚何能解曹雪芹所製的謎

——為《紅樓夢》後四十回確為曹雪芹原著舉證

1

在我提出世界紅學會議的第二篇論文，〈紅樓夢中「元妃」係影射平郡王福彭考〉，曾解釋了「虎兔相逢大夢歸」這個謎。所得的反應頗為清淡；最大的原因是，這篇論文中的幾個子目：「兩個八字」、「『土木』之變」、「『加一』的秘密」等，在不懂推命之術的讀者，茫然不解。這原是不足為奇之事，因為精於子平者，未必對《紅樓夢》有研究；而紅學專家未必懂此一門「雜學」。《紅樓夢》中醫卜星相、營造飲饌，「雜學」最多；此所以作《紅樓夢》考證不易。我的「雜學」亦是「三腳貓」；但已如藥廬先生贈詩：「綠鬢消磨到白頭」；倘非六十八年夏天，以汪公紀先生數語啟迪，稍通命理，悟知平郡王福彭的八字，靈驗得十分巧妙，必為當時信此道者所津津樂道，則「虎兔相逢大夢歸」這個謎便無由得解；那就連做夢都想不到「元妃」賈元春，原是影射平郡王福彭。

在這篇論文中，我曾說過：

> 雍正頗諳星命，黜訥爾蘇而以其子襲爵，可能已知道丙年在福彭是「官印相生」，藉以運用權術，作為一種籠絡的手段。

這就發生了一個疑問：清世宗（雍正）會不會因為一個人的八字好，便予以加官晉爵？約而言之：清世宗是否很重視一個人的八字？本文的目的，即在討論這個問題。

2

尤達人《命理通鑑》前言：

前朝賢人輩出，闡理精微。如唐朝李虛中，宋朝徐子平，明朝劉伯溫相國，萬育吾尚書，清朝陳素庵相國，均對命理學有精微之見解，關於命理著作流傳於世甚多，殊足為後學觀摩。如劉相國之《滴天髓》，陳相國之《命理約言》，及徐子平之《淵海子平》，萬育吾之《三命通會》等，均為世重。

《滴天髓》是否劉伯溫所著、待考；但清初的「陳素庵相國」，即吳梅村的親家陳之遴，所著的《命理約言》，卻是命理學中的名著。命理學大備於明朝；所謂「十神」者，根據明朝社會及官場的習慣，歸納而得，象徵的意義，豐富、微妙而有趣。能為歌訣有云：

生我者為正印、偏印；我生者為傷官、食神；剋我者為正官、七殺；我剋者為正財、偏財；比和者為比肩、劫財。

則正印、偏印為父；傷官、食神為子，推廣其意，凡長一輩能蔭庇我者，皆為印；晚一輩聽我所指揮者，皆為傷官、食神。傷官、食神皆可助我生財，但有邪正之分，故在官場中傷官可視之為胥吏；而食神可視之為幕賓。偏印則專剋食神，故別名「梟神」。居官迎養其父於任上，安分守己做老封翁，自是正印；但若以「老太爺」的身分，攬權納賄，包辦訴訟，即為偏印。倘有這種情形，幕賓持正，必定反對；而發生衝突的結果，以老太爺的權威，幕賓必不能安於其位，此即所謂「梟神奪食」；食神既被剋走，偏印更能為所欲為，結果非丟官不可。

我這樣解釋，以人事而知天命，尚未見前人說過。但我相信雍正一定懂這個道理，他喜歡替人看八字，著眼點恐在於偏印、偏官（七殺）與「日主」（本人）的關係；而看出好處來，利用為一種籠絡的手段，頗有明徵；最明顯的是對年羹堯。孟心史先生著《清代史》，曾引故宮所藏年羹堯一摺及硃批云：

羹堯於雍正二年六月十五日，有謝賜詩扇摺，硃批：「朕已諭將年熙過記與舅舅隆科多作子矣。年熙自今春病只管添，形氣甚危，忽輕忽重，各樣調治，幸皆有應，而不甚效。因此朕思此子，非如此完的人，近日著人看他的命，目下並非壞運，而且下運數十年上好的運，但你目下運中言刑剋長子，所以朕動此機，連你父亦不曾商量，擇好日即發旨矣。此子總不與你相干了，舅舅已更名『得住』，從此自然全癒健壯矣。年熙病，先前即當通知你，但你在數千里外，徒煩心慮，毫無益處；但朕亦不曾欺你，去歲字中，皆諭你知老幼平安之言，自春夏來，唯論爾父健康，並未道及此諭也，朕實不忍欺你一字也。爾此時聞之，自然感喜。將來看得住功名世業，必有口中生津時也。舅舅聞命，此種喜色，朕亦難全諭，舅舅說：『我二人若少作兩個人看，就是負皇上矣。況我命中應有三子，如今只有兩個，皇上之賜，即是上天賜的一樣，今合其數，大將軍命應尅者已尅，臣命應得者又得，從此得任自然全癒，將來必大受皇上恩典者，爾父傳進宣旨，亦甚感喜，但祖孫天性，未免有些眷戀也。』特諭你知。」此批紐合年隆，懇切竟非人所料，豈但從古君臣所無，家人婦子間亦少此情話。乃一年之中，殺機即一動不可救，其為機深不測，待時始發耶？抑兩人實有挾持其秘密以相脅之形跡，而恩讎中變耶？此未可知矣。

隆科多說：「皇上之賜，即是上天賜的一樣」一語，實能道出雍正對命理的一種特殊看法，就是他能「造命」；為臣子百姓的君父，即是為任何人的「正印」，他希望任何人記得《命理約言》中〈正印賦〉的話：

助正官而彌增榮顯，化凶殺而妙有周旋；倚以扶身，印旺兮不愁衰弱；取之為格，印破兮立見迍邅。

無奈年羹堯全不理會；隆科多亦能說不能行，以致先後遭禍。唯有鄂爾泰，深諳雍正的心理，得寵自有由來，雍正硃批諭旨：

> 雍正四年九月十九日，雲南巡撫管雲貴總督事臣鄂爾泰，謹奏，為恭謝聖恩事。雍正四年八月初十臣齎摺家奴，蒙恩賞給驛馬銀兩，並捧御賜臣珍器六件、果乾一匣到滇，臣隨郊迎至署，恭設香案，望闕叩頭，領受訖；及本月二十八日，臣齎摺家奴復蒙恩賞給驛馬，並捧御賜臣紗一箱、磁器二箱到滇，臣隨郊迎至署，恭設香案，望闕叩頭，領受訖。敬啟摺扣，恭悉聖躬甚安，自入夏來更好，臣無任懽忭，遍告屬僚，蓋一心獨運，萬歲過勞，慮有不格之豚魚，隱施曲成之造化，固人所共見，而臣獨深知者，乃復軫念臣愚，詢及奴僕，勉以節養，儆以背負，聞臣勤瘁則廑憂憐；知臣健旺，則致忻悅。並著將臣八字，便呈御覽，捧誦累日，浹骨鏤心，覺感激之私悃並忘，而瞻依之中誠倍切。唯聖人能造命，臣固自信臣命之非凡造也。其各條硃批，洞徹精微，一歸平等，如桶脫底，如環無端。即此是學，臣更不須覓自了法，不了之了，一了百了。胥在乎此，設於此，有不尊，是無人理；設於此，猶不

親，是無天理，狗子亦有佛性，忍自不如狗子乎。臣知愧。臣勉矣。伏念。

雍正於「聞臣勤瘁則廑憂」句旁，硃批：「朕實質如此，上天鑒之」。於「將臣八字，便呈御覽，捧誦累日」句下，硃批：「朕因爾少病，留心看看竟大壽八字。朕之心病已全癒矣。」

於「唯聖人能造命」句下，在「固自信臣命之非凡造」九字旁，各加雙圈。此即鄂爾泰視雍正為正印，而自謂其命造為「正印格」。所謂「取之為格，印破兮立見迍邅。」正印在命造格局中的地位，〈正印賦〉又有兩句話：

入他格兮，不盡以印為重輕；取格印兮，斯專以印為榮辱。

既然如此，則唯有一意扶印，才能「享祿而持權」；倘或損印，即為自取滅亡。人臣有此想法，君上夫復何憂？

雍正之看人、用人，亦全合乎命理。皇八子胤禩、隆科多、年羹堯等人，在他看來，全是「七殺」。七殺有制，謂之偏官；偏官無制，即成七殺。《命理通鑑》論七殺云：

七位而相剋，故曰七殺（七殺即七煞）。「七殺慘酷無恩，專以攻身為尚，為譬如小人多凶暴，無忌憚，若無禮法以制裁之，不懲不戒，必傷其主，故有食神制之者，謂之偏官，無制者，謂之七殺，必須制合生化，毋太過不及，是借小人之力，以護衛君子，以成其威權，成大富大貴之命也。苟生化不及，日主衰弱，七殺重逢，其禍不勝俱述，若七殺輕而制伏重重，苟再行制伏之運，則盡法無民，雖猛如虎，亦無所施其技矣。大抵身旺殺輕者，不但無須制伏，反喜財以生殺；身強殺旺者，喜食神制殺，亦所以洩身之秀也。身弱殺強者，喜印授之化殺，亦所以生身也。至若身殺兩停，羊刃駕殺，喜其合之和之，庶能駕御以為用，七殺無獨用之理，必須制化和合，以成駕御之功。」

又陳素庵〈偏官賦〉云：

斯神先須處置，他物方可推詳，或食神制之，而馴其強暴；或印綬化之，而變作和平；或傷官敵之，而兩凶俱解……駕馭得宜，能作偏官之用；威權不亢，乃為大貴之徵。正印食神，化與制何妨並見……日主甚強，即無制不為殺困……殺旺於身者，扶身抑殺為佳。

按：雍正奪位時，其自視與視胤禩，皆乎上引的命理，分析如下：

一、得位不正，而敵人甚多，此即「殺旺於身」，必須「扶身制殺」。倘「傳位於皇四子」的遺命不假，立場自然堅穩，則胤禩雖欲擁戴恂郡王胤禎，亦無能為力，實非「日主甚強，即無制不為殺困」？

二、雍正即位後，首封胤禩為廉親王，以示修好，並動之以富貴，這是「印綬化之」。

三、皇十三子胤祥，為雍正自高牆釋出後，而封為怡親王的胤祥；在雍正眼中是食神，足以制殺；所以胤祥封王後，與胤禩並為主持政事的總理大臣，此即「化與制何妨並見」之謂。

四、皇十七子胤禮，在雍正看，本亦在七殺之列，雍正上諭八旗：

雍正八年五月初七日，怡親王仙逝悲慟諭後，初九日又諭：

失此柱石賢弟，德行功績，難以枚舉。中有云：「又如果親王在皇考時，朕不知其居心，聞其亦被阿其那等引誘入黨；及朕御極後，隆科多奏云：『聖祖皇帝賓天之日，臣先回京城，果親王在內值班，聞大事出，與臣遇於西直門大街，告以聖上紹登大位之言，果親王神色乖張，有類瘋狂。聞其奔回邸第，並未在宮迎駕伺候』等語」。朕聞之甚為疑訝。是以差往陵寢處暫住以遠之。怡親王在朕前極稱果親王居心端方，乃忠君親上深明大義之人，力為保奏。朕因王言，特加任用。果親王之和平歷練，臨事通達，雖不及怡親王，而公忠為國，誠敬不欺之忱，皎然可矢天日。是朕之任用果親王者，實賴王之陳奏也。

孟心史先生論其事云：

據此諭，則知聖祖大事後，未奉大行還內以前，隆科多先馳入京。而果親王允禮亦已聞大事而出，將奔赴暢春園，遇隆科多於西直門大街，始聞世宗紹登大位之說於隆科多之口，一驚至於有類瘋狂。父死不驚唯四阿哥嗣位則驚而欲瘋也。是凶問到京，而嗣主之問猶未到也。是阿其那等並無一傳訊於兄弟間，仍憑隆科多一語而始露也。是在園在京所得傳位之末命，皆出於隆科多之口也。夫允禮之見用，由怡親王力保，允禮見獎於世宗，則緣能承世宗之意旨，首先搏擊未敗之阿其那，則所謂「公忠為國，誠敬不欺」之褒語，當知所由致也。此亦可用上諭八旗徵之。雍正三年三月十三日，鑲紅旗滿洲都統多羅果郡王允禮等將工部知會該旗文內，抬寫廉親王之處參奏。奉上諭：「如此方是。甚屬可嘉。王大臣所行果能如此，朕之保全骨肉，亦可以自必矣。將此奏交該部察議，併將朕此旨，令文武大臣等咸各閱看。」

於此可知，胤禮本為七殺；後來化作傷官，為世宗所用。傷官聰明有力，但邪而不正，故與正人君子象徵的正官，不能並容，故有「傷官見官，其禍百端」的術語。但傷官與七殺相遇，制殺之力，不如食神，成勢均力敵之勢，兩敗俱傷則「兩凶俱解」。

3

由以上的種種分析，可以得出如下的幾點結論：

第一，雍正並不迷信星命之學；相反地，他認為人定可以勝天，亦即「禍福無門，唯人自召」。他本身能推翻聖祖預定的計畫，和已被公認為天命所歸的皇十四子胤禎，而奪得皇位，即證明了他的想法是正確的。

第二，他雖不信「命中注定」四字，但卻深諳命理與人際關係相通奧妙之處，並有以命理來處理人際關係的非凡手段。

第三，他自己雖不信星命；但卻希望他所駕馭的臣下，篤信命理，「印不可破」，每一個人都以「正印格」自居，「專以印為榮辱」。他的第三子弘坤之死，即其行為無一而非損印辱印，故至忍無可忍時，不惜手斃親子；而四阿哥弘曆必是與鄂爾泰的想法相同，故能獨蒙鍾愛，繼承大位。按四阿哥弘曆即後來的乾隆，生於康熙五十年八月十三日子時；他的八字，據《命理通鑑》所論如此：

清高宗（乾隆）之命：辛卯、丁酉、庚午、丙子。天干庚辛丙丁，火煉秋金，地支子午卯酉，局全四正，坎離震兌，貫乎八分，坐下端門，水火既濟。妙在子午沖，使午火不破酉金，卯酉沖，使卯木不制午火，制伏得宜，包舉全局，宜其為六十年太平天子，十全老人，廿五歲登基，內禪後又四年而終，壽八十九。

按：此論不舉十神，專論五行生剋之理，須依命書排一公式，方便說明：

	金	辛卯	木
	火	丁酉	金
日主	金	庚午	火
	火	丙子	水

八字分年、月、日、時四柱，上為天干、下為地支。日主或稱日元，八字中的一切關係，皆以日主為中心而發展，而日主之至，實指日柱的天干，稱為日干。日干為庚，則乾隆為金命。西方庚辛金，在四時為秋；秋金生於中秋前兩日，則為當令，復有年干上的辛金為助，當然是天賦甚厚的強勢命造，術語稱為

身旺。

金出於土，則為金屬礦砂、提煉成鐵；鐵煉成鋼，處處需火。金無火煉，則為頑鐵；所以金重猶須火強，方成大器。原論謂「天干庚辛丙丁，火煉秋金」，意即指此。

四柱的下一字地支，適為子午卯酉。科舉時代，每三年為大比之年，所以十二地支，分成三部分，以便計算；以方位排列，稱為子午卯酉，即正北，正南，正東，正西，若以數字排列，則應稱為子卯午酉，在鐘表面上看，即為十二、三、六、九、兩數之間，頭尾四年，相隔為二，實足三年；是故子卯午酉之年鄉試，便知翌歲丑辰未戌之年會試。唯以命理講沖剋，故用方位排列，稱為子午卯酉、辰戌丑未、寅申巳亥：命書上稱為「四專氣」、「四長生」、「四墓庫」。如高宗的命造，在命局中稱為「四位純全格」。《命理通鑑》云：

> 四位純全格。即柱中全見寅甲巳亥，或子午卯酉，或辰戌丑未是也。寅申巳亥為四馬，男命得之，為駟馬乘風，主大富貴。故洪範云：「寅申巳亥疊見，有聰明生發之心。」女命則為意馬心猿，孤而且淫。子午卯酉為四柱桃

花，不論男女，皆主荒淫。故有「子午卯酉重逢，懷酒色荒淫之志」之語。辰戌丑未為四庫，書云：「辰戌丑未全，順行帝王無疑。」如朱洪武之造是也。其不順行者，亦主富貴。女命則謂為婦道之大忌。按：此格仍順視天干財官衰旺，五行造化，斟酌用神時令之配合，依正格而取斷為準。

按：子午卯酉四字，為四仲之氣，乃健旺之氣也。凡人八字中，有子午卯酉一二字，大抵有生發之象，健朗可喜，名利有成，此非指四位純全而言，亦非論格局，唯依經驗所得，得四仲中之一二字者，大抵名利較佳，其為生旺之用歟？

照此而言，高宗必為荒淫無道之主，世宗又何能以祖宗創業維艱之社稷付託？此則除在命理上另有說法，已見前引外；主要的是，「人定勝天」既由世宗本人證實；則鄂爾泰所說的「唯聖人能造命」，亦為世宗所確信不疑。四阿哥雖「懷酒色荒淫之志」，他卻定然要造就他為英明有道之君。高宗稟賦特厚，勤奮好學，從小便一切都能符合世宗希望他上進的期待；相對地三阿哥弘珅既不成材；五阿哥弘時亦是情性驕縱，則天心默許，自必在四阿哥弘曆了。

關於斥訥爾蘇而用福彭者，最大的原因是，訥爾蘇一向與胤禎不睦；世宗即位後召胤禎進京，而以訥爾蘇署大將軍，原期訥爾蘇會上疏攻訐胤禎，便可據以治罪，則訥爾蘇得傷官之用。豈知不然；訥爾蘇在世宗的「命局」中，是個無關緊要的「閒神」。而福彭則與四阿哥自幼交密，將來可資以為嗣君的輔弼，因而黜父用子；而挑在於福彭命造有利的丙年行動，則是隱真意於星命之中，此為英主的大作用。當時無人能夠窺測；而福彭的一生，卻又有一連串的巧合，悉符命理的分析，因而豔傳人口，乃有「虎兔相逢大夢歸」這樣一個奇妙的謎。《紅樓夢》第八十三回、八十六回、九十五回的安排，為局外人夢想不到；高鶚天大的本事，亦無法安排此三回書，來解釋第五回有關賈元春的那首詩。因此可以確證，《紅樓夢》後四十回，必是曹雪芹原稿，非高鶚所續。

4

星相之術在康雍兩朝為貴族所深信，證據尚多。如胤禎特召張明德為其推算八字等等，皆見之於官書，所以然者、王公貴族出身大致相同，才藝大多亦皆平常，何以有人安富尊榮一世；有人家破人亡，甚至辱及祖先，無可解釋，則唯有託諸命運，《清稗類鈔》「方伎」門有一條，名為〈信恪二王生命〉云：

信恪郡王如松，莊慎親王永瑺，同年月日生，莊後信數刻，互以兄弟稱。稽其生命，信先莊薨十七年。然其子恭王淳穎以復睿忠王爵，贈王為親王。莊親王無子，嗣其弟子承能。信恪王少封公爵，任工部侍郎等官。莊慎王少亦賜公，品級歷副都統等官，雖文武稍差，而升轉固如一也。

此言八字大致相同，故生前生後的福澤哀榮，亦大致相類。

至於漢人士大夫之間，錄數條以見當時風氣：

溧陽相國史文靖公貽直之父字胄司，名夔。素精子平學。康熙辛酉攜家入都舟泊水驛，生文靖，胄司取其造推算之，謂當大貴，時阻風，舟不得行，乃登岸縱步，見一冶工家適生子，問時日，正同，心識之。後二十餘年，文靖已官清禁，胄司告歸，復經其地，欲驗舊事，自訪之，則門宇如故，一白皙少年持斤操作甚勤。問其家，即辛酉某日生者也，竟夕不寐。忽悟曰：「四柱中唯火太盛，惜少水以制之。生於舟者，得水之氣，可補不足。若生於鎔鑄之所，則以火濟火，全無調劑之妙矣，其貧賤也固宜。」

史貽直與年羹堯同年而不相能，故年敗而史得寵。此亦非關命造。

吳梅村晚年精星命學，連舉十三女，而子暻始生。時妻東江孫華為名諸生，年已強仕，赴湯餅會，居上座。梅村戲云：「是子當與君為同年。」孫華意怫然，及康熙戊辰，暻舉禮部，孫華果與同榜。或贈梅村五十生子詩云：「九子將雛未白頭，明珠老蚌正相求，蘭閨自唱河中曲，十六生兒字阿侯。」蓋少妾所出也。

按：吳梅村精星命學，自然得力於陳素庵的指點。素庵子直方，為梅村之婿，以其父獲罪遣戍。兩親家皆精於命理，而皆不能預知家門之禍，則聰明實不如嵇叔子之妻：

嵇叔子精子平，自謂官可四品，而夫人之祿位不稱。舉孝廉，即喪偶，媒妁盈門，叔子算其八字，俱以為不類。某富翁欲以女妻之，先以年庚付一術士推之，術士云：「此十惡大敗之命也。」翁以情告，術士曰：「試易之，何如？」因將生日移前數日，而時干亦易，通局俱變矣。翁乃付媒妁使往議之。叔子以手推之曰：「是恭人也。」遂成姻。任杭州太守時，妻受四品封。叔子卒後十餘年，諸子將為母稱七十觴，先期營辦。恭人笑止之云：「某日。非吾真生辰也。」因述其故，家人皆驚。蓋嵇氏父子為所紿者四十年矣。

最可注意的是這一條：

靜海勵文恭公杜訥久不徙官，一日，世宗召問曰：「聞卿家養星士，卿亦自知何日大拜乎？」文恭惶恐謝罪。上曰：「此事有命，朕也不能作主。」尋轉吏部。於時常熟蔣文肅公廷錫方病篤，文恭固無恙也。忽腹熱如火，以雞卵熨之，旋熟。遂先文肅二日逝。

按：勵杜訥以善書法，受知聖祖；四世皆翰林。其子廷議亦以與年羹堯同年而不阿附，為世宗所重。勵杜儀養星士於家，世宗不以為然，所謂「此事有命，朕也不能作主」。無異提出警告，居官不善，徒信星士何用？為世宗不信星命，而能利用命理駕馭臣工之一證。

5

除星命外，魘勝祠禱之事，在康雍年間，亦頗流行。茲有兩事，可以對著，一是《紅樓夢》第二十五回，「魘魔法叔嫂逢五鬼」，寫趙姨娘與馬道婆商量算計王熙鳳與賈寶玉云：

趙姨娘聽這話鬆動了些，便說：「你這麼個明白人，怎麼糊塗了？果然法子靈驗，把他兩人絕了，這傢俬還怕不是我們的？那時候你要什麼不得呢？」馬道婆聽了，低了半日頭，說：「那時候兒事情妥當了，又無憑據，你還理我呢！」趙姨娘道：「這有何難？我攢了幾兩體己，還有些衣裳首飾，你先拿幾樣去；我再寫個欠契給你，到那時候兒，我照數還你。」馬道婆想了一回，道：「也罷了，我少不得先墊上了。」

趙姨娘不及再問，忙將一個小丫頭也支開，趕著開了箱子，將首飾拿了些出來，並體己散碎銀子，又寫了五十兩欠約，遞與馬道婆道：「你先拿去作供養。」馬道婆見了這些東西，又有欠字，遂滿口應承，伸手先將銀子拿了，然後收了契。向趙姨娘要了張紙，拿剪子鉸了兩個紙人兒，問了他二人年庚，寫在上面，又找了一張藍紙，鉸了五個青面鬼，叫他併在一處，拿針釘了，「回去我再作法，自有效驗的。」忽見王夫人的丫頭進來道：「姨奶奶在屋裡呢麼？太太等你呢。」於是二人散了，馬道婆自去，不在話下。

這以後，兩叔嫂果然瘋了，鬧得天翻地覆，結果是讓「癩和尚」和「跛道士」治好了。這明明是一段鬼話；再看《東華錄》康熙四十七年八月初次廢太子的記載：

上既廢太子，憤懣不已，六夕不安寢，召扈從諸臣涕泣言之。諸臣皆嗚咽。既又諭諸臣，謂觀允礽行事與人大不同，類狂易之疾，似有鬼物憑之者。及還京，設氈帳上駟院側，令允礽居焉，更命皇四子與允禔同守之。尋以廢太子詔宣示天下，上並親撰文告天地太廟社稷曰：「臣只承丕緒四十七年餘矣，於國計民生，夙夜兢業，無事不可質諸天地。稽古史冊，興亡雖非一轍，而得眾心者未有不興，失眾心者未有不亡。臣以是為鑒，深懼祖宗垂貽之大業自臣而隳，故身雖不德而親握朝綱，一切政務，不徇偏私，不謀群小，事無久稽，悉由獨斷。亦唯鞠躬盡瘁，死而後已。在位一日，勤求治理，不敢少懈，不知臣有何辜，生子如允礽者，不孝不義，暴虐慆淫，若非鬼物憑附，狂易成疾，有血氣者豈忍為之。允礽口不道忠信之言，身不履德義之行，咎戾多端，難以承祀。用是昭告昊天上帝，特行廢斥，勿致貽憂邦國，痛毒蒼生。抑臣更有哀籲者：臣自幼而孤，未得親承父母之訓，唯此心此念，對越上師，不敢少懈。臣雖有眾子，遠不及臣，如大清歷數綿長，延臣壽命，臣當益加勤勉，謹保終始。如我國家無福，即殃及臣躬以全臣令名。臣不勝痛切，謹告」。

胤礽失教與寶玉相同；而特蒙聖祖鍾愛，此事亦與賈母之寵寶玉相類。《東華錄》又記：

太子既廢，上諭：「諸皇子中，如有謀為皇太子者，即國之賊，法所不宥」。諸皇子中，皇八子允禩謀最力，上知之，命執付議政大臣議罪，削貝勒。十月，皇三子允祉發喇嘛巴漢格隆，為皇長子允禔允礽厭事，上令侍衛發允禔所居室，得厭勝物十餘事。上幸南苑行圍，遘疾還宮，召允礽入見，使居咸安宮，上諭諸近臣曰：「朕召見允礽，詢問前事，竟有全不知者，是其諸惡，皆被魔魅而然，果蒙天佑，狂疾頓除，改而為善，朕自有裁奪」，廷臣希旨，有請復立允礽為太子者，上不許。左副都御史勞之辨奏上，上斥其奸詭，奪官予杖。既上召諸大臣，命於諸皇子中舉孰可繼立為太子者，諸大臣舉允禩。明日，上召諸大臣入見，諭以太子因魔魅失本性狀。諸大臣奏，上既灼知太子病源，治療就痊，請上頒旨宣示。又明日，召允礽及諸大臣同入見，命釋之。且曰：「覽古史冊，太子既廢，常不得其死，人君靡不悔者，所執允礽，朕日不釋於懷，自今召見一次，胸中乃疏快一次。今事已明白，明日為始，朕當霍然矣」。又明日，諸大臣奏請復立允礽為太子，疏留中未下。上疾漸愈，四十八年正月，諸大臣復疏請，上許之。三月辛巳，復立允礽為皇太子，妃復為皇太子妃。

如以賈母喻聖祖、寶玉喻胤礽，則趙姨娘便是胤禔，但馬道婆卻非喇嘛巴漢格隆。馬道婆「鉸了五個青面鬼」交代趙姨娘說：「回去我再作法，自有效驗的」。可知幕後另有人，馬道婆無此能耐。

然則馬道婆在廢太子案中，扮演的是什麼角色？觀上引兩段《東華錄》，稍加細參，便知隱去了皇四子胤禛；他既受命與胤禔同負監守之責，則胤禔找巴漢格隆謀害胤礽一事，胤禛何得不知？胤禛居藩，好與僧道往來，養著許多喇嘛，巴漢格隆的來歷可疑。由此看來，說馬道婆影射皇四子胤禛，似乎並非無的放矢。

6

在後四十回中，有一連串「怪力亂神」，亦極可能是影射雍正七年，世宗所得的一場大病。

病為怔忡之症，即是現代術語的神經衰弱，一閉眼即夢見廢太子來討命，宮中建醮禳禱。《紅樓夢》第一百二回，「寧國府骨肉病災祲，大觀園符水驅妖孽」，有場道士作法的描寫云：

豈知那些家人無事還要生事，今見賈赦怕了，不但不瞞著，反添些穿鑿，說得人人吐舌。賈赦沒法，只得請道士到園作法，驅邪逐妖。擇吉日，先在省親正殿上鋪排起壇場來。供上三清聖像，旁設二十八宿並馬、趙、溫、周四大將，下排三十六天將圖像。香花燈燭設滿一堂，鐘鼓法器排列兩邊，壇上插著五方旗號。道紀司派定四十九位道眾的執事，淨了一天的壇。三位法官行香取水畢，然後擂起法鼓。法師們俱戴上七星冠，披上九宮八卦的法衣，踏著登雲履，手執牙笏，便拜表請聖。又念了一天的消災驅邪接福的洞元經，以後便出榜召將。榜上大書「太乙、混元、上清三境靈寶符籙演教大法師，行文敕令本境諸神到壇聽用。」

此種規模，只有宮中才有。但以道士作法，是雍正的一種自我心理治療；與傳說封胤禵為潮神，建廟海宮，是同一作用。而世宗在西苑蓄著一班道士，爐火修煉明朝宮中所傳的興奮劑如「秋白」之類，以致雍正明光宗之暴崩，則在乾隆一即位後，即驅逐道士張太虛、王定乾等，並嚴厲告誡不得胡言亂語，否則「立即正法，絕不寬貸」等語可知。

凡此皆非影射之事，皆非民間所知；我不相信高鶚會有這些資料，而且能在短期間內續成四十回大書。

高陽作品集·史筆文心系列

高陽說曹雪芹 新校版

2024年5月三版

定價：新臺幣平裝350元
精裝550元

著者	高陽
叢書主編	黃榮慶
校對	吳美滿
	吳浩宇
內文排版	菩薩蠻
封面設計	兒日
副總編輯	陳逸華
總經理	陳芝宇
社長	羅國俊
發行人	林載爵

出版者	聯經出版事業股份有限公司
地址	新北市汐止區大同路一段369號1樓
叢書編輯電話	(02)86925588轉5307
台北聯經書房	台北市新生南路三段94號
電話	(02)23620308
郵政劃撥帳戶第0100559-3號	
郵撥電話	(02)23620308
印刷者	世和印製企業有限公司
總經銷	聯合發行股份有限公司
發行所	新北市新店區寶橋路235巷6弄6號2樓
電話	(02)29178022

行政院新聞局出版事業登記證局版臺業字第0130號

本書如有缺頁，破損，倒裝請寄回台北聯經書房更換。
電子信箱：linking@udngroup.com

ISBN 978-957-08-7352-8 (平裝)
ISBN 978-957-08-7351-1 (精裝)

國家圖書館出版品預行編目資料

高陽說曹雪芹 新校版/高陽著．三版．新北市．聯經．2024年
5月．224面．14.8×21公分（高陽作品集．史筆文心系列）
ISBN 978-957-08-7352-8（平裝）
ISBN 978-957-08-7351-1（精裝）

1.CST：（清）曹雪芹 2.CST：紅學 3.CST：研究考訂

857.49 113004898